AF145138

Michaela Wallner

Heute Abend erzähle ich Dir meine Geschichte …
und morgen von Jerusalem!

Notizen aus dem Erlebten

Bibliografische Information der Deutschen Nationalbibliothek:
Die Deutsche Nationalbibliothek verzeichnet diese Publikation
in der Deutschen Nationalbibliografie; detaillierte bibliografische
Daten sind im Internet über http://dnb.dnb.de abrufbar.

Impressum

© 2016 Michaela Wallner
Grafiken: Mag. Dariusz Kochański
Lektorat: Mag. Wolfgang J. Fink
Cover- und Buchdesign: www.ebenbild.co.at

Herstellung und Verlag
BoD – Books on Demand
Norderstedt
ISBN: 9783741237256

Heute Abend erzähle ich Dir
meine Geschichte …
und morgen von Jerusalem!

Zur Vorgeschichte

Neun Monate waren seit meinem letzten Heimaturlaub vergangen, und nun saß ich wieder im Zug von Rom Richtung Wien. Meine Reisebegleiterin war die „Ungewissheit", denn ich hatte keine Ahnung, was mich in der nächsten Zukunft erwarten würde!

In den letzten acht Jahren führte ich ein streng religiöses Leben hinter Klostermauern und jetzt war ich dabei, dieses wieder hinter mir zu lassen!

Es war um die Weihnachtszeit und es war schon dunkel draußen, als das Telefon klingelte und sich Mary, eine gute Freundin meiner Mutter, meldete.

Mary hatte sich Gedanken gemacht, ob ich mich zu Hause gut eingelebt und ob ich bereits eine Arbeitsstelle in Aussicht hätte!

Da ich Letzteres verneinen konnte, bat sie mich darüber nachzudenken, doch für einige Zeit als freiwillige Helferin nach Israel zu reisen. In einem Pilgerhaus würden sie dringend jemanden suchen, der die Zimmer und Schlafsäle reinigt, während den Essenszeiten serviert und im Café aushilft.

Dieses „Hospiz", wie es auch genannt wurde, befände sich außerdem im arabischen Altstadtviertel von Jerusalem, nicht weit von der berühmten Grabeskirche entfernt …

Nachdem Mary mir alles erklärt und sich wieder verabschiedet hatte, brauchte ich noch einige Tage Bedenkzeit.

„Sollte ich tatsächlich Österreich und meine Familie so schnell wieder verlassen? Doch welche anderen Optionen hätte ich zurzeit schon?"

Ich gab Mary meine Zustimmung, und dann verbrachte ich ein Jahr in Jerusalem oder besser gesagt: „dort, wo der Pfeffer wächst!"

Im zweiten Teil meines Buches schreibe ich mehr darüber; doch wie war es dazu gekommen, meine Geschichte niederzuschreiben?

In unser Pilgerhaus kam des Öfteren eine Ordensschwester auf Besuch, die sich in Jerusalem vorwiegend der Jugendseelsorge widmete. Diese Schwester war von kleiner Statur, etwa 70 Jahre alt, immer gut gelaunt und zudem ein einziges Temperamentbündel!

Als sich der Tag meiner Abreise näherte und ich

sie eines Morgens in ihrem Kloster aufsuchte, verwickelte sie mich bei Kaffee und Kuchen in ein Gespräch, wie es dazu gekommen war, für so lange Zeit nach Israel zu reisen.

Meine Erzählungen ließen mich in ihren Augen eine gewisse Betroffenheit erkennen, und als ich mich von jener Schwester wieder verabschieden wollte, nahm sie meine Hände und meinte: *„Mia, sie sollten über ihr Leben ein Buch schreiben … und das meine ich sehr ernst!"*

Etwas erstaunt über diese Idee, gab ich ihr zur Antwort: *„Schwester, ich soll ein Buch schreiben? Ich kann nicht schreiben!"* Meine beste Note im Deutschunterricht war schließlich eine Drei und bitte: *„Wer, würde dieses Buch schon in die Hand nehmen und darin lesen?"*

Trotz meiner Einwände ließ sich die Schwester von ihrem Vorschlag nicht abbringen mit den Worten: *„Doch Mia, sie können das. Schreiben sie aus ihrem Herzen und bringen sie ihre Gedanken so auf das Papier, als würden sie eine Geschichte erzählen …"*

Daraufhin sind viele Jahre vergangen, in denen ich begonnen habe, Erinnerungen niederzuschreiben; dann brauchte es weitere Jahre, bis daraus ein Büchlein entstehen konnte!

Zugegeben, für eine so lange Zeit der Verarbei-

tung hätte man sich einen tausendseitigen „Roman"
erwarten können, aber es heißt ja bekanntlich: *„In
der Kürze liegt die Würze!"*

Ich wünsche Dir beim Lesen gute Unterhaltung;
und vielleicht findest Du Dich ja in einer der Erzählungen wieder …

Alles Liebe, Deine Mia!
PS: Die Namen der vorkommenden Personen habe
ich Großteils geändert.

I. Kapitel
Es war einmal

Es war einmal ein heißer Sommernachmittag. Francis spazierte mit seiner 16 Monate alten Tochter voller Erwartung durch den Stadtpark, während seine Frau nicht weit von ihnen, in einem der Bungalows der Geburtenstation, zum zweiten Mal ein Mädchen zur Welt bringen sollte.

Das kleine Mädchen im Park war meine Schwester Anja, die gerade ihre frisch gepflückten Wiesenblumen auf einer Holzbank sitzend betrachtete, nichts ahnend von dem großen „Glück", das sie erwartete! Schon bald würde sie nämlich nicht nur ein Schwesterchen an ihrer Seite haben, sondern auch eine kleine Thronfolgerin, die ihr die alleinige Herrschaft über die Herzen der Eltern nehmen würde.

Auch meine Mutter ahnte noch nichts von der Mühe, die ihr meine Geburt bescheren würde. Ich hatte es nämlich absolut nicht eilig, die neue große Welt, die mich erwartete, zu entdecken!

So wurden eben künstliche Wehen eingeleitet, und jede Frau, die auf solche Art und Weise ein Kind gebären musste, weiß, wie anstrengend so eine Geburt verlaufen kann.

Na und dann war ich da; ein kleiner brüllender Löwe, unter dessen Sternzeichen ich geboren wurde!

Zu Hause angekommen, begutachtete mich meine Schwester mit einem neugierigen Interesse genauso wie mit einer gewissen Gleichgültigkeit, denn: *„Zu viel Aufmerksamkeit würde diesem kleinen Wesen sicher nur schaden!"*

Diese Aufmerksamkeit forderte ich jedoch gnadenlos ein, indem ich in relativ kurzen Zeitabständen um mein Essen losbrüllte. Dementsprechend ähnelte ich zunehmend einem richtig pausbackigen Barockengelchen, das die Herzen so mancher Besucher noch höher schlagen ließ.

Meine Familie wohnte in einem kleinen Haus hinter einem Flussdamm der Schwarzach, doch eigentlich konnte man sagen, dass wir in drei kleinen Räumen lebten, die von einem desolaten Dach zusammengehalten wurden. Zudem war die Sanitäranlage ein Plumpsklo und ein Brunnen mit kalt fließendem Wasser im Garten, der von meiner Mutter auch zum Wäsche waschen genutzt wurde. Also willkommen im Mittelalter!

Diese „Herberge" war sicher nicht gerade der Traum eines jungen Ehepaares, aber es würde wohl noch einige Zeit vergehen, bis Papa das nötige Geld für eine eigene Wohnung aufbringen konnte.

Der Eigentümer des eben beschriebenen Hauses war der Vater meiner Mutter, und das Verhältnis zwischen ihm und seinem Schwiegersohn war leider von Anfang an kein besonders gutes!

Womöglich lag es daran, dass mein Großvater sehr darauf bedacht war, sparsam zu leben. So sparsam, dass weder ein Licht unnötig in einem Zimmer brennen noch im Winter vor dem späten Nachmittag eingeheizt werden durfte.

Die Tatsache, dass mein Vater hoch verschuldet war und offensichtlich nicht gut mit Geld umgehen konnte, schien ihm daher kein gutes Vorzeichen für eine beginnende Ehe und schon gar nicht für ein beständiges Familienglück zu sein!

Meine Mutter ließ sich von solchen Einwänden jedoch nicht davon abhalten – wenn auch in bescheidenen Verhältnissen – die große Liebe ihres Lebens zu heiraten. Schon als junges Mädchen hatte sie sich in Francis verliebt und sah nun einmal die vielen guten Seiten an ihm, die alle anderen Sorgen in den Schatten stellten.

Und eine dieser Sorgen war, dass sie eines Tages den Anspruch auf ihr Karenzgeld verlor! …

Meine Großeltern waren Eigentümer eines gut-besuchten Gasthauses in der Stadt. Sogar Schweine gehörten zu diesem Besitz, die von Opa als gelern-tem Metzger immer wieder einmal zu Wurst und Schnitzel verarbeitet wurden.

Üblicherweise gab es in der Mittagszeit besonders viel zu tun, sodass Oma und ihre Küchenhilfe mit dem Kochen und Abwaschen der Teller und Glä-ser kaum nachkamen. Gut gemeint, half ihr meine Mutter in solchen Stoßzeiten, natürlich ohne einen Gedanken daran zu verschwenden, ob sie dies wäh-rend ihrer Karenz laut Gesetz durfte oder nicht.

Rechtlich gesehen war es ihr nicht erlaubt, und die-se Hilfsbereitschaft musste einem Gast wohl ein Dorn im Auge gewesen sein.

Nachdem er meine Mutter bei der Arbeit beob-achtet hatte, meldete er dies nämlich der Behörde - und dann war ganz schnell Schluss mit der finanzi-ellen Unterstützung!

Geldsorgen waren also von Anfang an das tägliche Brot meiner Eltern. Mein Vater ließ sich jedoch nie unterkriegen mit dem Leitsatz: *„Denk nach, und dann wirst du einen Ausweg finden!"*

Papa war von Beruf her gelernter Schneider und trat mit dieser Ausbildung vorerst in die Fußspuren seines Vaters, dem eine eigene Schneiderei gehörte. Später arbeitete er als Kellner, dann als Autoverkäufer und nebenberuflich versuchte er die Matura nachzuholen.

Da der erwünschte Erfolg ausblieb, versuchte er sich mithilfe von Büchern und Kursen auf Control Management und auf die Erstellung von Computerprogrammen zu spezialisieren. Dabei besaß mein Vater eine unglaubliche Selbstdisziplin, die ihm im Laufe weniger Jahre dazu verhalf, sich vom „kleinen Schneiderlein" zu einem Topmanager hochzuarbeiten!

Als meine Schwester das Kindergartenalter erreichte, konnten wir uns endlich eine eigene Mietwohnung in einem Vorort von Wien leisten. Vater bekam nach seiner eigens erworbenen Ausbildung eine Anstellung als Geschäftsführer in einer Armaturenfertigungsfirma für Erdöl- und Erdgasfelder, und meine Mutter nahm abermals ihre Arbeit als Krankenschwester auf.

Von da an verdienten meine Eltern so richtig Geld! So viel Geld, dass man ja meinen sollte, Papa könnte bei der Bank die Schulden wieder ganz leicht abbezahlen!

Leider hatte jedoch für ihn das Ausgeben dieses verdienten Geldes mehr Reiz als Schulden zu begleichen oder zu sparen! …

Meine Mutter erzählte mir diesbezüglich einmal eine Geschichte aus jener Zeit, in der wir noch im Haus meines Großvaters lebten.

Mama war gerade mit meiner Schwester schwanger, als Papa eines Tages nach Hause kam und ihr freudestrahlend ein altes, gebrauchtes Auto präsentierte, welches trotz erwähnten Zustandes nicht gerade zur billigsten Preiskategorie zählte.

Als sie erfuhr, dass mein Vater dieses Gefährt bei jener Firma erstanden hatte, in der er als Verkäufer beschäftigt war, geriet sie verständlicherweise etwas aus dem „Häuschen"!

Meine Eltern hatten kaum die finanziellen Mittel, um die alltäglichen Lebensmittel zu besorgen, und dann sollte sie ihrem Mann nun zu dieser verschwenderischen Ausgabe gratulieren?

Abgesehen davon konnte mein Vater dieses „tolle" Auto ohne Geld auch nicht anmelden; also fuhr er eben ohne Nummernschild ausschließlich in unserem Dorf hin und her!

Ein kleiner Trost war lediglich, dass Papa von da an meine Mutter bis zum Bahnhof „chauffieren" konnte und sie sich somit einen langen Fußmarsch ersparte, um dann mit dem Zug weiter in die Arbeit fahren zu können.

Unserer Familie fehlte es somit stets an einer gewissen finanziellen Sicherheit, doch Geldsorgen „hin oder her", mein Vater ließ es sich nicht nehmen, seinen Töchtern trotzdem eine gute schulische Ausbildung zu ermöglichen. Wir zogen in einen der „besseren" Bezirke nach Wien, und meine Schwester Anja und ich kamen auf eine katholische Privatschule.

Unsere Lehreinnen waren sehr streng und vertraten noch die Meinung, dass *„Strafe stehen in der Ecke"* und eine *„gesunde Watschen"* wohl den besten Erfolg einer guten Erziehung bringen würden.

Diese Rechnung schien zwar bei uns nicht ganz aufzugehen, aber wenigstens waren wir bis am späteren Nachmittag betreut und bekamen ausreichend zu essen…

Wie soll ich meinen kindlichen Charakter aus jener Zeit beschreiben?

Meine Sachen konnte ich nur schwer in Ordnung halten, und jeder Versuch mich zu bessern artete meistens in ein noch größeres Chaos aus, über das ich manchmal den Überblick verlor. So blieben gelegentlich nicht nur meine Aufgaben, Hefte und

Stifte zu Hause liegen, sondern auch schon einmal im Auto meines Vaters die ganze Schultasche.

Wenig erfreut über meine Vergesslichkeit erschien er dann während einer der Unterrichtsstunden, entschuldigte sich für die Störung, überreichte mir die Tasche und flüsterte in mein Ohr: *„Mia, du musst ein bisschen mitdenken! Ich kann dir doch nicht immer alles nachtragen!"*

Ich weiß, Papa war nicht glücklich darüber, aber wenn er bei der Klassentür hereinkam, freute ich mich jedes Mal aus ganzem Herzen, ihn zu sehen! …

Zu Hause war ich meistens fröhlich und ausgelassen, konnte aber auch sehr nachdenklich, manchmal sogar melancholisch sein. Dazu flüchtete ich gerne in so eine Art Traumwelt und las am liebsten Bücher von Astrid Lindgren.

Zu meinen absoluten Favoriten zählten dabei die Geschichte von „Mio mein Mio" und jene von Madita!

Außerdem spielte ich leidenschaftlich gerne mit meiner Schwester und mit allen Stofftieren und Puppen, die wir besaßen, einmal Schule, dann Zoo, … doch am liebsten mit der Kleidung unserer Mutter: Verkäuferin. Dazu wurde dann nicht nur Mamas Schminke ein wichtiges Utensil, auch unsere ganze Wohnung wurde zu einem einzigen großen Kinderzimmer umgebaut!

Als unsere Eltern von der Arbeit nach Hause kamen, waren diese natürlich nicht immer begeistert von den vorgenommenen Veränderungen, und wie es bei Kindern so üblich ist, war dann stets ein besonders leidiges Thema: „Das Zusammenräumen!"

So gerne ich mit Anja auch spielte, so gerne träumte ich, wie vorhin erwähnt, liebend gerne in den Tag hinein. Mein Vater nannte mich deswegen schon einmal mit einem besorgten Unterton „Mia, mein Traummännlein".

Besorgt war er deswegen, weil diese Tagträumerei das größte Hindernis zu sein schien, dass ich mich auf das Lernen für die Schule konzentrieren konnte. Dementsprechend schlecht waren meine Schulnoten, schon im Alter eines Volksschulkindes, und auch in den weiteren Ausbildungsjahren bewegte ich mich immer wieder ganz knapp an einer Wiederholung der Klasse vorbei!

Meine Schwester hingegen war sehr ordentlich, ausgeglichen, begabt und brachte nur die besten Schulnoten nach Hause. Abgesehen davon war sie ausgesprochen talentiert im Zeichnen, und nicht selten wurden ihre Kunstwerke in unserer Klasse präsentiert, und es wurde darauf hingewiesen, dass wir uns mehr anstrengen sollten, um so ein Ergebnis zu erreichen.

Für so viel Anerkennung habe ich Anja oft beneidet, und wenigstens einmal wollte ich ebenfalls ein ähnlich künstlerisches Meisterwerk vollbringen! So nahm ich während des Zeichenunterrichts vorsichtig ein Buch aus meiner Schultasche, legte es auf meinen Schoß und malte heimlich einen Blumenstrauß davon ab.

Als meine Lehrerin vorüberging, lobte sie mich zunächst für die schöne Arbeit, doch dann fiel ihr Blick auf meine versteckte Vorlage … Und diese Entdeckung ließ sie ausgesprochen wütend werden!

Zunächst schrie sie mich an, dann packte sie mich am Hals und – dem nicht genug – schleuderte sie meinen gesamten Körper gegen eine Tischkante!

Ich glaube, das war das erste und das letzte Mal, dass ich mir unehrlich ein Lob verdienen wollte! Jedoch rechtfertigte meine Tat keineswegs das Verhalten der Lehrerin und wird kaum geholfen haben, die Bitterkeit, die sie in sich trug, loszuwerden.

Der Ausdruck ihres Gesichtes war stets von einer gewissen Strenge gezeichnet, und ich kann mich nicht erinnern, sie ein einziges Mal lachen gesehen zu haben; und so wie ich Angst vor ihr hatte, so empfand ich tief im Inneren auch Mitleid für diese Frau, die mit ihren Wutanfällen und Handgreiflichkeiten so demütigen konnte, dass sich einige Kinder sogar in die Hose gemacht hatten!

Ja, das war wohl alles andere als eine christliche Erziehung, und unsere Eltern waren da schon mehr darum bemüht, dass wir diese wenigstens zu Hause erhielten.

Der Glaube an Gott hatte einen wichtigen Platz in unserem familiären Zusammenleben, doch vor allem war es Papa und Mama ein Anliegen, dass wir trotz finanzieller Schwierigkeiten nie die Armen vergessen sollten.

Um dies zu verdeutlichen, wurden dann schon einmal unsere Lieblingsspielsachen geopfert, die in weiterer Folge an ärmere Kinder verschenkt werden sollten. Die Begeisterung für diesen Akt der Nächstenliebe hielt sich aber eher in Grenzen und artete sogar einmal in Tränen aus, als mein Lieblingsstoffhündchen „Stupsi" an der Reihe war!

Sonntags besuchten wir den Gottesdienst in der nahe gelegenen Pfarrkirche, und auch ansonsten waren Anja und ich treue Teilnehmerinnen so ziemlich bei allem, was die Pfarre für Kinder und Jugendliche anzubieten hatte.

Zu Hause wurde vor dem Essen gemeinsam gebetet, und wenn die Eltern mit uns einen Spaziergang in die Stadt unternahmen, besuchten wir jedes Mal den großen Stadtdom, um kleine Kerzen zu entzünden und anschließend von ihnen den Segen zu empfangen.

Für viele schienen wir eine Familie zu sein, die glücklich und harmonisch zusammenlebte, und doch geriet die Ehe meiner Eltern in immer größere Schwierigkeiten.

Papa kam oft spät abends von seiner Arbeit nach Hause, dann öffnete er meistens einen kleinen Spalt der Kinderzimmertüre, um zu sehen, ob Anja und ich schon schliefen und um uns gegebenenfalls noch eine gute Nacht zu wünschen. Dann setzte er sich ins Wohnzimmer und führte lange, endlose Gespräche und Diskussionen mit unserer Mutter.

Die Gründe dafür blieben uns ein Rätsel, doch unsere Wohnung war eher klein mit ihren 70 m² für vier Personen, und zudem sehr hellhörig.

Die letzte Möglichkeit, zur erwünschten Nachtruhe zu gelangen, war, den Eltern einen Besuch abzustatten und ihnen verständlich zu machen, dass hier auch noch zwei Kinder wohnten, die mindestens acht Stunden Schlaf benötigten, um am nächsten Tag funktionieren zu können …

Völlig überrascht, entschuldigten sie sich dann für ihre Unachtsamkeit und versicherten uns das nahe

Ende ihrer Unterhaltung.

Am zehnten Hochzeitstag meiner Eltern kam es schließlich bei Mama zu einer ganz schweren inneren Krise, aus der sie alleine nicht mehr herauszufinden schien.

Ein guter Freund meines Vaters war Arzt in einer psychiatrischen Klinik, und nachdem Vater diesen kontaktiert und den Zustand seiner Frau erklärt hatte, wurde entschieden, dass sie zu diesem Freund in die Klinik gebracht werden sollte.

Einen guten Monat verbrachte sie daraufhin im Krankenhaus und musste ein wahres Martyrium an Behandlungen über sich ergehen lassen. Eine davon war die sogenannte „Elektroschock-Therapie", zu der sie jedes Mal kurz in Narkose versetzt wurde. Einmal haben die Krankenschwestern versehentlich deren Wirkung nicht abgewartet, worauf Mama ein so unerträglicher Schmerz durch den Kopf fuhr, dass sie meinte, sie würde es nicht überleben!

Als wir Mama das erste Mal besuchen durften, war sie von den Medikamenten, die ihr verabreicht wurden, so benommen und verwirrt, dass sie selbst ihre eigenen Töchter nicht wiedererkennen konnte. Dieser Besuch bei unserer Mutter endete daher schon nach wenigen Augenblicken, und während Vater uns wieder nach Hause brachte, herrschte eine angespannte Stimmung im Auto.

Papa war verständlicherweise in großer Sorge um seine Frau, aber dann war er auch unruhig, schnell gereizt und sein Blick war immer traurig.

Für uns alle war es keine leichte Zeit und es brach uns geradezu das Herz, Mama in diesem elenden Zustand zu wissen!

Mein Vater musste trotz allem weiter zur Arbeit gehen, und da er uns nicht bis spätabends alleine lassen wollte, beauftragte er unsere Nachbarin, die Aufsicht über Anja und mich nach der Schule zu übernehmen. Eigentlich hätte er es uns schon zutrauen können, alleine in der Wohnung zu bleiben, doch leider zählten meine Schwester und ich nicht gerade zu den bravsten Kindern auf dieser Welt!

Wir hatten deswegen gewisse „Hausregeln", und eine davon lautete, darauf zu achten, dass das Wasser nicht übergehen würde, wenn wir ein Bad nehmen wollten.

Leider regnete es bald daraufhin im Schlafzimmer jener (prominenten) Person, die unterhalb unseres Badezimmers wohnte!

Eine andere Regel war jene, dass alle unsere Haustiere, die unter die Kategorie „Raubtiere" fielen, von jenem Zimmer ausgesperrt werden sollten, in dem wir unseren Kanarienvogel frei fliegen lassen wollten. So sollte verhindert werden, dass aus Friedolin XIII. zu früh ein Friedolin XIV. werden würde!

Eine weitere Regel war, die Fenster nur so weit zu öffnen, dass unser Kater „Boris" nicht auf das Dach hinausspazieren konnte.

Einmal verirrte er sich abends in ein Zimmer unserer Nachbarin und setzte sich auf deren Waschmaschine. Als sie jenes Zimmer betreten wollte, sah sie zunächst nur einen großen Schatten und meinte, es wäre ein Einbrecher. Man kann sich ungefähr die Panik ausdenken, die sie erfasst haben musste!

Eines Tages waren meine Schwester und ich alleine zu Hause und Boris war uns entwischt. Anja hatte dann den „genialen" Einfall, dem Kater in einer etwa 30 cm breiten Dachrinne zu folgen.

In diesem Moment kamen meine Eltern von ihrem Einkauf zurück, sahen vor ihnen am Fenster den Kater vorbeilaufen, und wenige Sekunden später: meine Schwester! Am Ende war Papa dann auch noch auf dem Dach und so war es nur verständlich, dass wir Kinder unbedingt eine Aufsichtsperson brauchten!

Unsere Nachbarin, die bestimmt mit einem gewissen Unbehagen diese Aufgabe übernahm, war eine sehr gepflegte, ältere Dame aus Ungarn, die wir „Tante Ida" nannten. Anja und ich mochten sie zwar, aber wir waren nicht besonders gerne bei ihr zu Hause!

Alles war so elegant und im Jugendstil eingerichtet … Also keine Räumlichkeiten für Spiel und Spaß!

Besonders gewöhnungsbedürftig waren für uns außerdem: die ungarische Küche; die in die Nachspeise verarbeiteten Rosinen; und das anschließende Kämmen der Fransen ihrer Perserteppiche!!!

Tante Ida war seit einiger Zeit verwitwet, und da sie mit ihrem Mann keine gemeinsamen Kinder hatte, war sie möglicherweise mit Anja und mir ein bisschen überfordert … Auf jeden Fall musste man es ihr hoch anrechnen, mit wie viel Mühe und Geduld sie uns zu unterhalten suchte!

Endlich konnte unsere Mutter wieder aus der Klinik entlassen werden!

Wir hatten sie in der Zwischenzeit auch schon des Öfteren besucht und die Arme war fast untröstlich, weil sie uns mit ihrem Zustand in eine so traurige Lage und in Sorge um sie gebracht hatte. Es dauerte auch noch eine ganze Weile, bis sie sich daheim wieder zurechtfinden konnte, aber mit viel Geduld unsererseits und mit ihrem Gottvertrauen ließ auch sie sich nicht unterkriegen!

Meine Schwester und ich mussten jedoch lernen zu akzeptieren, dass diese Krankheit nicht nur unsere Mutter in diesen Momenten verändern, sondern auch für lange Zeit ihr treuer Begleiter bleiben würde. Ihre Zustände verbesserten sich zwar immer wieder, jedoch verging kein Jahr, in dem sie ohne einen Krankenhausaufenthalt auskam.

Wieviel Armut haben wir dort zu sehen bekommen! Die meisten Patienten saßen irgendwo alleine in einem Gang oder in einem der Aufenthaltsräume und starrten vor sich hin, in eine nicht enden wollende Ferne. Dabei erschienen ihre Gesichter oft ausdruckslos und so, als wären sie lebendig begraben worden.

Selbst der Stiegenaufgang der Klinik wurde von düsteren Bildern geziert, die wahrscheinlich den Zustand so mancher Patienten widerspiegeln sollten, und eines dieser Kunstwerke erweckte ganz besonders meine Aufmerksamkeit.

Es war eine Kohlezeichnung einer Wendeltreppe, die in eine tiefe Dunkelheit ohne sichtbares Ende mündete; und diese Endlosigkeit vermittelte mir das Gefühl, dass hier wahrhaftig der Ort der absoluten Trostlosigkeit sein musste! Vergleichbar mit dem toten Wald, von dem ich im Buch „Mio mein Mio" gelesen hatte.

Dort gab es keine Freude und kein Licht mehr, sondern lediglich Finsternis und Angst vor dem bösen Ritter Kato, der das Reich des guten Königs mehr und mehr verzaubert hatte.

Mio, einem kleinen Jungen, kam die Aufgabe zu, den Kampf gegen das Böse aufzunehmen und das Reich seines Vaters davon zu erlösen …

Wie sehr wünschte ich mir, dass diese Armen und in der Finsternis gefangenen Menschen ebenfalls aus diesem Zustand befreit werden könnten!

Die Jahre vergingen, und meine Schwester und ich wuchsen langsam zu jungen Damen heran, die auch allzu gerne miteinander stritten! Das Zimmer und das Bett, das wir teilten, wurden also doch allmählich zu eng für uns beide.

Dem nicht genug, führten wir zu Hause so eine Art Arche Noah für ungewollte Tiere, und zu dieser gehörten: ein Hund, zwei Katzen, zeitweise Kaulquappen und Friedolin XIII., ein Kanarienvogel!

Das nervte mit der Zeit, und so machte sich mein Vater auf die Suche nach einem größeren Haus auf dem Land.

Allerdings waren wir nicht der einzige Grund für einen Ortswechsel. Seit sieben Jahren lebten wir nun schon in dieser kleinen Wohnung in der Stadt, und der Mietvertrag konnte nicht mehr verlängert werden. Dem nicht genug, war mein Vater bereits mit einigen Monatsmieten im Rückstand.

In den Sommerferien wurde er schließlich fündig und wir konnten in ein großes Haus übersiedeln, das von einem schönen Garten umgeben war und auf der Straßenseite an einen Föhrenwald grenzte.

Ja, man konnte fast meinen „Natur pur!", wären da nicht auf der anderen Seite des Hauses Zuggleise gewesen, auf denen ein ziemlich reger Verkehr im Dreißig-Minutentakt herrschte. Tja, und diese waren keine 50 Meter von unserem Gartenzaun entfernt!

Am gewöhnungsbedürftigsten waren die Güterzüge, die in der Nacht vorbeifuhren.

Das ganze Haus bebte und die quietschenden Bremsen ließen einen fast senkrecht im Bett stehen! Einer der positiven Aspekte war aber, dass es viel Platz im Haus gab und meine Schwester und ich jeweils ein eigenes Zimmer bekamen. Außerdem war da auch ein großer Keller, für uns ein richtiges Freizeitparadies, wenn es draußen kalt und früh dunkel wurde!

Unsere Tiere schienen diese Veränderung auch sehr zu begrüßen. Vor allem erweckte der Goldfischteich im Garten und die frei herumfliegenden

Vögel das ganz besondere Interesse unserer Katzen … Kinder zum Spielen gab es auch in der Nachbarschaft, und so verlief der erste Sommer am Land eigentlich ganz gut.

Doch dann vermisste ich ziemlich bald meine Freunde und die alte Umgebung!

Die Entfernung war so groß, dass leider viele Kontakte mit der Zeit verloren gingen; außerdem musste ich nach den Ferien in einem naheliegenden Dorf die Hauptschule besuchen. Diese kam meinen Vater um einiges billiger, da sie eben nicht privat und mit dem Schulbus leicht erreichbar war.

Anja hingegen durfte weiterhin jeden Morgen in die Stadt zur Schule fahren! Sie war jetzt an einem öffentlichen Gymnasium und verweigerte eine schulische Veränderung.

Offensichtlich war das ihrerseits eine kluge Entscheidung, denn die Schule am Land war alles andere als eine gute Wahl meiner Eltern!

Ich kam im Unterricht kaum mit; es gab hin und wieder gewalttätige Übergriffe; und einige Mädchen in der Klasse beschäftigten sich mit okkulten Praktiken. So bat ich meinen Vater mehrmals, mich von dort wieder herauszuholen, doch er wollte einem Schulwechsel nicht zustimmen, indem er mir jedes Mal aufs Neue erklärte: *„Mia, ich habe nicht das*

Geld für die Schule in Wien, und außerdem musst du lernen, mit den Problemen in der Klasse umzugehen. Sicher ist es nicht die richtige Lösung davonzulaufen!" …

Natürlich hatte er Recht, und so bearbeitete ich mit diesem Anliegen meine diesbezüglich viel verständnisvollere Mutter!

Im „Gut zureden" war sie unübertreffbar, und wahrscheinlich war es auch ihrer Fürsprache zu verdanken, dass es in der dritten Klasse zu meinem erwünschten Schulwechsel nach Wien kam. Oder war es mein Unfall, der das notwendige Mitleid im Herzen meines Vaters erweckte …?

Eines Tages kam ein Trainer aus dem Balkan an unsere Schule und startete den Versuch, interessierten Schülern die Kunst des Akrobatikturnens näherzubringen.

Ich konnte mich immer schon sehr gut bewegen, und es gehörte zu einem meiner vielen Teenagerträume, einmal beruflich tanzen oder turnen zu können (nebenbei erwähnt, wollte ich ja sogar einmal Pilotin werden!).

Dies war also die Gelegenheit, diesem einen, fast unerreichbaren Ziel etwas näherzukommen!

Doch dann währte dieser Aufbruch zu neuen Ufern

leider nur kurze Zeit …

Bei einem Überschlag zog ich meine Knie mit so einem Schwung an mein Gesicht, dass ich mir die Nase brach und mit ihr sich mein Kiefer leicht aus der Verankerung schob.

Der Trainer war etwas in Panik, als er mich mit blutender Nase am Boden liegen sah, drückte einen kalten Gegenstand auf mein Gesicht und versicherte mir, dass alles in bester Ordnung sei!

Als ich mich vom ersten Schock erholt hatte und ins Badezimmer taumelte, um mir mein Gesicht zu waschen, bemerkte ich, dass leider gar nichts in Ordnung war! Meine Nase war blau angeschwollen und stand schräg in die rechte Gesichtshälfte hinein.

Es folgten eine Operation und ein Gesichtsgips, der mir nicht nur zehn Tage schulfrei, sondern auch eine erholsame Zeit auf der Liegematte in unserem Garten verschaffte.

Die Turnerei gab ich nach diesem Vorfall doch lieber auf und mit ihr wohl auch den Traum einer Künstlerkarriere! Dem nicht genug, näherte sich der Tag, an dem mein Gesicht wieder enthüllt werden sollte.

Der Arzt entfernte den Gips und die Stoffverbände, mit denen meine Nase ausgestopft war; dann tastete er den verheilten Bruch ab und teilte mir fast so nebenbei mit, dass sich mein Aussehen etwas verändert hätte.

Mit einer plastischen Operation wäre dies jedoch wieder behebbar und er riet mir vorsorglich davon ab, in den ersten Tagen zu lange mein Spiegelbild zu betrachten, um sozusagen einen „Schock" zu vermeiden!

Das verhieß nichts Gutes, und leider habe ich seinen gutgemeinten Rat überhaupt nicht befolgt!

Zu Hause angekommen, verbrachte ich nämlich ziemlich lange Zeit vor dem Spiegel, betrachtete mich von allen Seiten und konnte mich absolut nicht mit meiner „neuen" Nase abfinden!

Bis dahin hatte ich mich ja nie sonderlich mit meinem Aussehen beschäftigt, doch jetzt!?

Ich wurde bald dreizehn und fand mich auf einmal hässlich!

Dem nicht genug, verglich ich mich fortan mit den Mädchen an meiner Schule und begann Kosmetik und Modezeitschriften zu studieren. Doch jeglicher Versuch, mich durch Make-up oder durch eine neue Frisur zu verschönern, schien die Situation eher zu verschlimmern als zu verbessern.

Dann war da auch dieses modische Problem! In meinem Kleiderschrank befand sich nämlich ausschließlich Kleidung aus der Umtauschzentrale!

Meine Mutter gab sich zwar alle Mühe, etwas Nettes

von dort mitzubringen, aber die Möglichkeiten waren da sehr begrenzt und für uns Teenager meistens eine Enttäuschung.

Nur an Weihnachten wurde diese Sparsamkeit kurzzeitig „über Bord" geworfen! Unsere Eltern beschenkten uns so reichlich, dass meine Schwester und ich aus dem Staunen kaum herauskamen; und zu einem dieser tollen Weihnachtsgeschenke zählte einmal ein neuer Thermo-Micky-Maus-Pullover mit dazu passendem blauem Schal und ebensolchen Handschuhen!

Anja bekam das Gleiche, allerdings in der „Rosa-Roter-Panther"-Version! …

Meine Freizeit verbrachte ich am liebsten zu Hause, beim Rollerskaten, beim Radfahren oder beim Spielen mit den Nachbarskindern. Doch dann gab es Schulkolleginnen, die meinten, sie müssten mich so lange zum Ausgehen mit ihnen überreden, bis ich keine Ausrede mehr für ein „Nicht mitgehen" finden konnte.

An diesen Abenden traf man sich dann meistens in der Wohnung eines Schülers, die vertrauensvolle Eltern für eine Jugendparty zur Verfügung gestellt hatten. Es lief laute Musik, einige tanzten, andere unterhielten sich im „Small Talk", und wieder andere kamen sich so nahe, wie es unter Aufsicht der Eltern wohl kaum möglich gewesen wäre.

Meistens endeten diese oberflächlichen Bekanntschaften letztendlich in brutalen Eifersuchtsszenen … manchmal sogar mit einer Schwangerschaft!

Abgesehen davon waren die Wohnungen anschließend renovierungsbedürftig, da an solchen Veranstaltungen viel Alkohol konsumiert wurde, auch ohne das 16. Lebensjahr erreicht zu haben.

Infolgedessen gab es des Öfteren nicht nur zerstörte Einrichtungsgegenstände und Jugendliche, die mit starker Übelkeit zu kämpfen hatten; irgendwann stand auch die Polizei vor der Tür, um dem ganzen Desaster ein Ende zu setzen.

Man kann sich vorstellen, wie sich die Eltern beim Anblick ihrer Wohnung gefühlt haben mussten, und irgendwann kam in mir die Frage auf: *„Mia, ist das tatsächlich alles, was dir das Leben zu bieten hat?"*

Mit dreizehn fasste ich den Entschluss, dass ich irgendwie meine Familie auf mich und auf meine Orientierungslosigkeit aufmerksam machen müsste. Aber wie?

Mit zitternden Händen nahm ich eines Morgens aus der Tasche meiner Mutter Geld. Eigentlich alles, was sie in ihrer Geldbörse hatte; und dann fuhr ich mit dem Zug – soweit ich konnte – von zu Hause fort.

Nun ja, sehr weit kam ich nicht, denn es reichte gerade bis in die Hauptstadt von Vorarlberg und für ein gutes Essen in einem hübschen Restaurant … Danach setzte ich mich etwas außerhalb der Stadt, unterhalb einer Brücke, an einen Bach und schrieb einen ziemlich langen Brief an den lieben Gott, warum er mich scheinbar verlassen hatte!

Als es Abend wurde und ich zum ersten Mal so ganz alleine eine unbekannte Straße entlangschlenderte, ohne zu wissen wohin, bekam ich langsam ein unbehagliches Gefühl in der Magengegend.

Vor mir am Weg lag eine Polizeistation! Sollte ich hineingehen und mich als abgängig melden?

Ich atmete tief durch … und ging dann doch lieber weiter … zur nächsten Telefonzelle!

Bei meinen Eltern war besetzt, daraus konnte ich schließen, dass die Suche nach mir bereits voll im Gange sein musste!

Abermals machte ich mich auf dem Weg zur Polizeistation, und dieses Mal schaffte ich es bis zum Beamten.

„Grüß Gott, ich heiße Mia und bin von zu Hause fortgelaufen."

Meine Stimme war zittrig und wahrscheinlich musste ich einen ziemlich unbeholfenen Eindruck hinterlassen haben.

Etwas ungläubig und überrascht fragte der Beamte: *„Na, und wo ist dein Zuhause?"*

Meine Antwort: *„In der Nähe von Wien"*, ließ ihn aufhorchen und wohl für einen Moment sein langweiliges Dasein als Polizeibeamter in diesem Dorf vergessen. Geradezu erfreut rief er aus: *„Na sowas! In meiner ganzen Dienstzeit hab ich ähnliches noch nicht erlebt!"*

Er ließ mich auf einem alten Holzstuhl Platz nehmen, und dann sollte ich ihm in aller Ruhe meine ganze Geschichte erzählen. Schließlich war er der Meinung, dass ich nach einer so langen Reise sicher hungrig sein müsste und entschuldigte sich, dass er mir „nur" einige Schokoladeriegel anbieten könne, die er in einer Schüssel auf seinem Schreibtisch aufbewahrte.

Er wusste ja nichts von dem guten Schnitzel, das ich mir zuvor geleistet hatte; und so nahm ich seine Fürsorge dankend an, indem ich eine Schokolade nach der anderen in mich hineinstopfte.

Schlafen durfte ich dann in der Ausnüchterungszelle für Obdachlose, während der Beamte nach Aufnahme meines Protokolls meine Eltern anrief.

Zunächst waren diese ja der Meinung, ich würde bei einer Schulkollegin Aufgaben schreiben und lernen. Da diese jedoch meine Anwesenheit verneinte, fingen sie gerade an, sich Sorgen um mich zu machen. Nun waren sie zwar erleichtert, dass sie keine Vermisstenanzeige aufgeben mussten, allerdings blieb es ihnen nicht erspart, ebenfalls den weiten Weg nach Vorarlberg auf sich zu nehmen, um mich in den frühen Morgenstunden von der Wachstation abzuholen.

Diese Flucht von zu Hause haben mir meine Eltern jedoch nie zum Vorwurf gemacht, stattdessen berichteten sie lieber bei familiären Anlässen davon, wie der Polizeibeamte sie in die Ausnüchterungszelle brachte und sie lediglich meine schmutzigen Füße am Ende des Bettes heraushängen sahen …

Einige Monate waren nach diesem Ereignis vergangen, und der Sommer stand vor der Tür! Die Abschlussklasse der Hauptschule hatte ich mehr „schlecht" als „recht" bestanden und hoffte, dass mich niemand jemals nach diesem Zeugnis fragen würde!

In den Ferien wurden meine Schwester und ich für einige Wochen zu einer Großtante und deren Mann nach England geschickt. Auch eine Schulfreundin von Anja durfte mitkommen und wir waren extrem aufgeregt, da wir zum ersten Mal mit dem Flugzeug reisten.

Unsere Verwandten beherbergten und verpflegten uns ausgesprochen liebevoll, und von einer Lehrerin bekamen wir täglich Privatunterricht in Englisch. Diese Lehrerin beherrschte aber ausschließlich ihre Landessprache, so war der Unterricht zwar nicht immer ganz einfach, bewährte sich allerdings für unsere Zukunft …

Wir verbrachten gerne die Tage bei Tante Antonia, auch wenn unser Onkel John ziemlich streng mit uns war und es gar nicht duldete, wenn wir vor Einbruch der Dunkelheit noch nicht von unserem Spaziergang zurückgekommen waren, oder wenn wir uns mit einer Gruppe älterer Jungen vor seinem Haus unterhielten.

So etwas gehörte sich nicht, und was sollten schließlich die Nachbarn denken!

Sicherlich war John aber auch in Sorge um uns, weil er im Grunde ja die Verantwortung für uns drei pubertierende Mädchen trug …!

Ich liebte St. Margarethes sehr: die Backsteinhäuser; die typischen Gärtchen vor jedem Haus; den engen Stiegenaufgang zu den kleinen Schlafräumen; … alles schien so märchenhaft!

Schon als Kinder verbrachten wir so manchen Urlaub bei unseren Verwandten in England, und in besonders lebhafter Erinnerung blieb mir von damals der Eismann, der jeden Nachmittag mit seinem Auto die umliegenden Straßen auf und ab fuhr.

Beim Ertönen seiner Hupe strömten alle Kinder aus den Häusern und holten sich eine große Portion Milcheis, welches dann je nach Wunsch noch liebevoll mit Schokoladensoße oder bunten Streuseln verziert wurde.

Aber zurück zu jenem Sommer!

Wir bemühten uns, unsere Englischkenntnisse zu verbessern, während unsere Eltern wieder einmal unsere Sachen zusammenpackten und genau in jenes Bundesland verzogen, in welches ich doch einige Monate zuvor ausgerissen war!

Mein Vater bekam eine neue Anstellung mit besseren Verdienstmöglichkeiten, und als wir aus England zurückkamen, wurden wir direkt vom Flughafen in die neue Heimat gebracht.

Diese Dachwohnung, die Papa gemietet hatte, war zwar groß und schön, doch gefühlsmäßig befand sie sich am anderen Ende der Welt!

Um es deutlicher zu beschreiben: Wir lebten in einem Dorf, nicht weit von der Schweizer Grenze entfernt, und mit dem Fahrrad benötigte man höchstens fünf Minuten, um diese zu erreichen!

Anfangs hatte das sogar seinen Reiz, doch in der Schweiz angekommen, gab es irgendwie nichts …

oder nicht viel!

Möglicherweise erhofften sich meine Eltern von diesem Ortswechsel auch eine Art Neubeginn in ihrer Beziehung, und ich mir insgeheim die Möglichkeit einer schulischen Verbesserung!

Ersteres ging leider nicht in Erfüllung, Letzteres schon …

Meine Noten wurden besser und somit konnte ich wenigstens das neunte Schuljahr im Gymnasium verhältnismäßig gut beenden! Abgesehen davon, fand ich zum ersten Mal eine wirklich gute Freundin.

Die Schule hatte bereits begonnen, als in der dritten Woche eine neue Schülerin in unsere Klasse kam. Sie stammte aus dem ehemaligen Jugoslawien, sprach perfekt Deutsch, konnte aber so wie ich den Dialekt der Vorarlberger nur mit großer Anstrengung verstehen!

Diese Verständigungsschwierigkeit verband uns natürlich auf Anhieb; ebenso das Gefühl, irgendwie „Fremde" in diesem Land zu sein.

Nach der Schule verbrachten wir die meiste Zeit zu Hause bei ihrer Familie.

Sie hatten eine ganz kleine Wohnung im Erdgeschoß und oft herrschte dort regelrecht Platzmangel wegen der zahlreichen Nachbarn und Freunde, die fast täglich auf Besuch kamen. Manchmal musste man sogar übereinander sitzen oder das Wohnzimmerfenster wurde geöffnet, um sich mit den Personen unterhalten zu können, die wegen des beschriebenen Problems draußen bleiben mussten.

Alles war sehr unkompliziert und es herrschte immer eine große Herzlichkeit und Gastfreundschaft! Wenn wir mit ihrer Mutter alleine waren und nicht gerade Aufgaben zu schreiben hatten, beschäftigten wir uns am liebsten damit, Kaffeebohnen in einer kleinen alten Kaffeemühle zu mahlen, während Mira uns Geschichten aus ihrem Leben erzählte.

Gerne fuhren wir auch mit dem Moped meiner Freundin in der Landschaft herum, und dazu vermachte mir ihr Vater eines Tages ganz stolz seinen alten orangenfarbenen Helm, den auch er schon in jungen Jahren getragen hatte.

Natürlich war mir dieser viel zu groß und wackelte während des Fahrens auf meinem Kopf so stark hin und her, dass ich die Ausfahrten nur spärlich genießen konnte …

Wir hatten viel Spaß zusammen und ich erinnere mich gerne an diese Zeit zurück. Allerdings werde ich dann oft nachdenklich und frage mich besorgt, wie es dieser Freundin und ihrer Familie wohl heute ergehen mag?

Nachdem wir nach achtzehn Monaten das Land wieder verlassen mussten und abermals nach Wien zogen, verlor sich nach und nach unser Kontakt. Dann brach in den 90er-Jahren der Krieg in Jugoslawien aus!

Nicht auszudenken, wie sie diese Zeit durchlebt haben mussten, in der plötzlich Freunde und Nachbarn, ihrer nationalen Zugehörigkeit wegen, zu Feinden wurden!

Als wir nach Wien zurückgekehrt waren, lebte mein Vater nicht mehr sehr lange bei uns.

Er nahm eine Anstellung in einem anderen Bundesland an und verzog alleine, da er uns zusätzliche Veränderungen ersparen wollte. Einige Jahre später folgte dann durch die Scheidung auch die endgültige Trennung von Mama.

Anja und ich mussten wieder eine neue Schule finden, und da das Schuljahr bereits begonnen hatte, wurden wir erst nach einer langwierigen Suche in einem Gymnasium der Wiener Innenstadt aufgenommen. Leider waren die Schüler dort im Unterricht so fortgeschritten, dass ich ziemlich bald den Traum von einem Abschluss mit Matura aufgeben musste! Danach verbrachte ich einige Monate zu Hause, bis ich mich auf Wunsch meiner Eltern dazu durchringen konnte, einen Lehrberuf zu ergreifen.

Ich begann sämtliche Stellenangebote in den Zeitungen durchzublättern, doch die Möglichkeiten für ein jugendliches Mädchen waren da schon ziemlich eingeschränkt.

Genaugenommen konnte ich mich entscheiden zwischen: Friseurin oder Verkäuferin …

Kurze Zeit versuchte ich Ersteres! Aber den alten Damen, die vorwiegend unseren Minisalon aufsuchten, täglich die Locken zu wickeln, empfand ich schon nach drei Wochen als nicht besonders spannend und abwechslungsreich.

Also blieb mir noch die zweite Möglichkeit: die der Verkäuferin!

In einem der vornehmsten Bekleidungsgeschäfte der Innenstadt, wurde ich zu einem Vorstellungsgespräch eingeladen. Das Problem war aber, dass ich mir wenige Tage zuvor mein Haar ganz kurz abgeschnitten hatte und unmöglich mit dieser Frisur zu einem Vorstellungsgespräch jener Art gehen konnte.

Nachdem sich meine Mutter vom ersten Schock erholt hatte, fuhr sie mit mir in die Stadt und kaufte mir eine Perücke.

Es war ein ziemlich großes Geschäft mit allen möglichen Perücken: Echthaar, Kunsthaar, langes Haar, gelocktes Haar … Bei einer so großen Auswahl probierte ich natürlich verschiedenste Exemplare, die meine Mutter und mich eher zum Lachen als zu einer Entscheidung brachten; und das sehr zum Leidwesen der bemühten Verkäuferin!

Letztendlich verließ ich dann das Geschäft mit einer schulterlangen Pony-Frisur in meiner Haarfarbe …

Der Gedanke „Man wird erkennen, dass du eine Perücke trägst" verunsicherte mich dementsprechend am Tag meines Vorstellungsgespräches, und meine Nervosität verschlimmerte sich zusätzlich, als ich das nach teuren Gewändern und Mottenkugeln riechende Geschäft betrat und von einem älteren, gut gekleideten Herrn begrüßt wurde.

Irgendwie hatte ich das Gefühl, mit meinen Jeans und der Jeansjacke etwas „underdressed" zu wirken … Vielleicht war das aber auch gut so, denn ich war mir ohnehin nicht sicher, ob ich in ein nobles Geschäft, wie jenes es zu sein schien, hineinpassen würde!

Doch dieser nette Herr hatte damit anscheinend keine Probleme und vertrat sogar seltsamerweise die Meinung, dass ich bestimmt hervorragend in sein Team hineinpassen würde!

Er lobte meine schöne Handschrift, meine freundliche und feine Art und ließ es sich nicht nehmen, mich sogleich meiner zukünftigen Chefin vorzustellen.

So begann ich mit einer Lehre als Verkäuferin im damaligen „House of England, Scotland and Wales". Und so königlich wie dieser Name im Ohr klingt, so vornehm waren auch die Kunden.

Schon am ersten Tag schien ich dieser Herausforderung nicht gewachsen zu sein!

Mit aller Mühe versuchte ich mich elegant zu kleiden, doch leider passte meine Bluse mit Matrosenkragen nicht wirklich in die feine englische Art sich zu kleiden. So wurde ich kurzer Hand von der Geschäftsführerin mit den Worten nach Hause geschickt: *„Mia, bitte ziehen sie sich einen dunklen Rock und eine normale Bluse an!"*

Dabei bemühte sie sich, es freundlich zu sagen, dennoch hörte sich das in meinen Ohren irgendwie demütigend an! Am liebsten wäre ich auch nicht mehr zurückgekehrt, doch dann hätte ich wieder nicht gelernt, mich selbst zu überwinden und über meinen eigenen Schatten zu springen …

Als Lehrmädchen eingestellt, arbeitete ich in einem der drei Innenstadtgeschäfte, die einem jüdischen Konsul aus Graz gehörten. Die Kunden erwarteten, dass man sie gut beraten konnte, und beim Verabschieden musste man tatsächlich sagen: *„Auf Wie-*

dersehen, und küss die Hand."

Darüber haben wir Angestellte uns oft lustig gemacht, weil diese Redeweise ja völlig veraltet war.

Aber das war eben „gute, alte Schule" und passte irgendwie auch zu dem Stil des Geschäftes.

Eines Tages wurde mir sogar von einem Doktor, den ich beraten hatte und der etwa um die dreißig Jahre alt gewesen sein musste, ein geheimnisvolles Päckchen ins Geschäft zugestellt.

Alle Verkäuferinnen standen sofort in einem Halbkreis um mich herum und warteten neugierig darauf, dass ich vor ihnen, was immer sich darin verbarg, auspackte.

Nun ja, was soll`s! Ich öffnete das Päckchen und zum Erstaunen aller befanden sich eine edle Bonbonniere und eine beiliegende Visitenkarte darin mit den Worten: *„Danke für ihre freundliche Bedienung, darf ich Sie zu einem Kaffee einladen?"*

Meine Geschäftsführerin war der Meinung, dass dieses Geschenk nach einer Antwort verlangte und schickte mich sogleich in ihr Büro, damit ich dem netten Mann ungestört diese übermitteln könnte.

Natürlich wusste ich, dass sie den Anruf vom Geschäft aus mitanhören würde, aber wahrscheinlich hätte ich dieser Versuchung auch nicht widerstehen können …

Mein Herz raste, und als der freundliche Kavalier den Hörer abhob und sich meldete, bedankte ich mich zunächst sehr herzlich für sein Geschenk, ließ ihn aber wissen, dass ich mich nicht mit jedem Kunden treffen könnte, den ich freundlich bediente … Vielleicht war ich etwas zu hart in meiner Wortwahl ihm gegenüber, aber ich fühlte mich absolut nicht reif für so eine Einladung. Schließlich war ich erst sechzehn!

Als ich die Treppe in den Geschäftsraum herunterkam, lächelte mir meine Chefin etwas verstohlen zu, und ich glaube aus ihren Augen herausgelesen zu haben: *„Mia, das haben Sie wirklich gut gemacht. Vor allem hätte ich mir so eine Antwort nie von Ihnen erwartet!"*

Meine Geschäftsführerin mochte mich sehr und behandelte mich stets mit Verständnis und einem gewissen Taktgefühl.

Eines Abends befand ich mich als Erste im Keller, wo wir einen Aufenthaltsraum hatten und die Spinde für unsere Kleider standen. Meiner befand sich in der Nähe des Stiegenaufganges, und gerade als ich meine Schuhe anziehen wollte, blieb ich ziemlich ungeschickt mit meiner Perücke am Schloss meines Kästchens hängen.

Die Haare hatten sich förmlich darin verknotet und es brauchte eine ganze Weile, bis ich mich aus dieser misslichen Lage befreien und wieder zurechtrichten konnte.

Die Geschäftsführerin bemerkte mein Unglück, während sie gerade mit einer Verkäuferin die Treppe herunterkam. Und da besagte Verkäuferin mir gegenüber manchmal etwas boshaft sein konnte, verwickelte meine Chefin diese sehr gekonnt in ein belangloses Gespräch.

Damit verhalf sie mir nicht nur zu der nötigen Zeit, die ich für meine „Befreiung" brauchte, sondern bewahrte mich auch zusätzlich vor dummen Kommentaren …

Ebenso verteidigte sie mich einmal vor der Polizei, da Lehrlinge Kleidung um einen ziemlich hohen Geldbetrag gestohlen hatten, und auch ich diesbezüglich verhört werden sollte.

Sie hatte mir gegenüber vollstes Vertrauen und wusste, dass ich zu so einer Tat niemals in der Lage gewesen wäre.

Tatsächlich sollte ich aber hineinverwickelt werden, da einer der Lehrburschen mich eines Tages darum gebeten hatte, abends den Auslageschlüssel vom Geschäft zu besorgen und ihm diesen dann zukommen zu lassen. Nachdem ich ihn gefragt hatte, ob er jetzt völlig verrückt geworden wäre, mich so etwas zu bitten, war es ihm selber peinlich geworden und er hatte von mir abgelassen.

Um ehrlich zu sein, dachte ich, es handle sich um einen schlechten Scherz, doch leider steckte ein ziemlich kriminelles Vorgehen dahinter! …

Abgesehen von der Freundlichkeit, mit der mich meine Chefin umgab, wurde ich auch einige Male von ihr „auserwählt", zu den begehrten Fotoshootings mitzukommen, um die einen alle Kolleginnen im Geschäft beneideten!

Models wurden aus dem Ausland eingeflogen und wir mussten ihnen beim Anziehen unserer eigens dafür ausgewählten Kleidung helfen.

Aus welchen Gründen auch immer wurden von den Agenturen oftmals falsche Kleidergrößen angegeben, sodass wir bei den Männern dann nicht selten den Brustkorb mit sämtlichen Servietten ausstopfen oder die Hosenbeine mit Stecknadeln optisch kürzen mussten. Das war nicht nur für uns anstrengend, auch die Models hatten darunter zu leiden, und die bearbeiteten Bilder wurden schließlich für Werbungen und für das hauseigene Journal verwendet.

Ja, selbst Schauspielerin Angelina Jolie zierte vor einiger Zeit eines der Titelblätter dieser Zeitschriften …

Meinerseits bewunderte ich oft diese Menschen, die nicht nur gut aussahen, sondern auch selbstbewusst, glücklich und innerlich gefestigt schienen! Als wir eines späten Nachmittags in einem kleinen Fotostudio ein Shooting mit zwei Männermodels beendet hatten, traf ich eines von ihnen draußen auf der Straße. Sein Name war Daniel und er kam aus Kanada.

Er sah mich mit seinen großen blauen Augen an und sagte auf Englisch zu mir: *„Hey Mädchen, wieso bist du so traurig? Gott liebt dich!"* Ich war ziemlich erstaunt, gerade aus seinem Mund solche Worte zu hören und wusste ehrlich gesagt nicht, was ich darauf antworten sollte. So sah ich ihn eben schweigend mit meinen großen blauen Augen an, schenkte ihm ein kurzes unsicheres Lächeln, drehte mich um und ging meines Weges …

Ich war damals sechzehn Jahre alt und mein junges Leben schien langsam in einer immer größeren Sinnlosigkeit unterzugehen.

Das zweite Jahr in der Berufsschule hatte begonnen, und einige Male ließ ich mich von Kolleginnen meiner Klasse dazu überreden, mit ihnen abends auszugehen.

An diesen Abenden lernte ich zum ersten Mal Lokale kennen, in denen sich scheinbar die ganze Drogenszene von Wien traf; und um ehrlich zu sein, waren es fürchterlich düstere Orte, an denen man niemandem so richtig trauen konnte und ständig auf der Hut sein musste.

Zur gleichen Zeit faszinierte mich aber auch diese „Dunkelheit". Sie war geheimnisvoll und manchmal schien es mir, als würde sie meiner Seele einen Spiegel vorhalten und sagen:

„Mia! Erkennst du dich hier nicht wieder? Ist das nicht der Ort, wo deine Seele all das findet, wonach sie in Wahrheit sucht? Möchtest du nicht diese Freiheit im Drogenrausch genießen?

So viele Gleichgesinnte sind hier, die den Tod suchen, weil sie leben wollen!"

Tatsächlich war es so, dass wenn jemand an einer Überdosis starb, dies von den Jugendlichen für etwas Mystisches gehalten oder gar als etwas Bewundernswertes erachtet wurde!

Was für eine falsche Vorstellung von Freiheit, für die so viele junge Menschen ihr Leben gelassen oder besser gesagt, geopfert haben!!!

Durch eine Mitschülerin, die schwanger wurde und in Karenz gehen musste, wechselte ich mit Erlaubnis meiner Eltern sogar meine Lehrstelle, um ihren Arbeitsplatz einzunehmen.

Dieses Geschäft befand sich in einem kellerähnlichen Raum, in dem vorwiegend esoterische Bücher, Steine, Schmuck, Taschen und alles Mögliche aus Indonesien verkauft wurden. Laura, eine gute Freundin, konnte sich ganz besonders für diese übersinnliche Welt begeistern, und so begann auch ich mich mit der Esoterik auseinanderzusetzen.

Ich las ein Buch über die Reinkarnation, aber mit dem Gedanken, vielleicht einmal als Ameise wiedergeboren zu werden, konnte und wollte ich mich nicht sonderlich anfreunden.

Auch ansonsten hielt sich meine Begeisterung für esoterisches Gedankengut sehr in Grenzen.

Hauptsächlich ging es ja darum, sämtliche göttliche Energien, die in dir schlummern, zu entdecken, um diese dann möglichst positiv für dein Leben zu nutzen. Wenn ich es richtig verstanden hatte, mit jenem Ziel vor Augen, letztendlich im Nirwana aufzugehen oder sich im Universum aufzulösen.

Ich fragte mich also: *„Wozu dann eigentlich die ganze Mühe?"*

Doch Laura mit ihrer rothaarigen Lockenmähne war da ganz anderer Meinung und schwor auf die heilende Wirkung dieser Lehre, zu der man, so ganz nebenbei erwähnt, auch viel Geld benötigte!

Es wurden unzählige Heilungs- und Selbstfindungs-Seminare angeboten, mit den dazu passenden spirituellen Gegenständen, die es zu erwerben galt. Oder man konnte mit einer Heilerin sämtliche Vorleben aufarbeiten, die man zuerst mittels Hypnose ausgeforscht hatte … Manche bevorzugten da schon lieber den Blick in die Zukunft, mithilfe von Tarotkarten legen und ähnlichem.

Mit der Zeit schien mir das alles doch ein bisschen zu seltsam und zu okkult zu sein, um mich mehr darauf einzulassen, und so wendete ich mich stattdessen lieber der unerforschten Männerwelt zu.

Seit ich ein kleines Mädchen war, träumte ich von der einen großen Liebe, die mir eines Tages ganz bestimmt über den Weg laufen würde! Da gab es auch einige Männer, die mir ihr Interesse hin und wieder kundtaten, doch mein „Märchenprinz", der meine Vorstellung von Beziehung teilen würde, war leider nie darunter! Also blieb mir nichts anderes übrig, als den Anwärtern auf nette Weise zu verdeutlichen, dass jeder Versuch, sich mir zu nähern, wahrscheinlich scheitern würde … *„Gut Ding braucht eben Weile"*, vielleicht auch die richtige Zeit und den richtigen Ort … und wer weiß, was das Leben noch so alles bringen würde!

Ich war jetzt achtzehn, im letzten Jahr meiner Ausbildung, und Weihnachten stand in einigen Wochen vor der Tür.

Mein Chef mietete ein neues Geschäftslokal in der größten Einkaufsstraße der Stadt, und auf diese Errungenschaft schien er ganz besonders stolz zu sein! Vielleicht lag es an der Tatsache, dass dieser Raum ursprünglich ein Ort des Gebetes für Christen war, seit einigen Jahren aber an Geschäftsleute weitervermietet wurde.

Er beauftragte mich, diesen einst sakralen Raum für den Verkauf einzurichten und hatte dabei ganz gewisse Vorstellungen, die er mir mit Begeisterung mitzuteilen versuchte.

Ich kann nicht gerade behaupten, dass der Funke bei mir übersprang oder dass ich sehr motiviert war, seinen Wünschen nachzukommen! Da war nämlich dieses eigenartige Gefühl in mir, dass es nicht richtig war, diese Kapelle als Geschäftsraum für esoterische Gegenstände zu nützen.

Als es draußen bereits dunkel wurde und ich mit der Arbeit einfach nicht richtig vorankam, betrat plötzlich mein Chef den Geschäftsraum und war sichtlich besorgt, weil ich blass und erschöpft aussah. Wahrscheinlich fühlte er sich verpflichtet, mir zu helfen, und schickte mich mit einem leeren Kübel ins Kloster hinüber, um sauberes Wasser zu holen.

Nebenbei erwähnt war dieses Kloster ebenfalls unbewohnt, da es Jahre zuvor aufgelassen worden war …

Ich machte mich gleich auf den Weg, sperrte die hölzerne Pforte auf, und da ich den Lichtschalter nicht finden konnte, tastete ich mich eben den dunklen Korridor entlang.

Als ich den Kübel gefüllt hatte und zurückgehen wollte, warf die Straßenbeleuchtung von außen ein geheimnisvolles Licht in den Gang … und dann …, im nächsten Moment …, war es mir plötzlich unmöglich, weiterzugehen!

Ich war wie festgeklebt, spürte einen unbeschreiblichen Frieden und begann so stark zu weinen, dass ich eine ganze Weile brauchte, um mich wieder zu fassen.

Es war, wie wenn jemand zu dir kommt, dich ansieht, die Hand auf deine Schulter legt und sagt: *„Fürchte dich nicht!"*

Mein Chef war ziemlich verwundert, dass ich so lange Zeit gebraucht hatte, um wieder den Weg ins Geschäft zurückzufinden. Schließlich war er der Meinung, ich sollte nach dem Wochenende besser wieder unter seiner Aufsicht in der Zentrale, im Warenlager arbeiten.

Doch mein Vater erkannte glücklicherweise den schlechten Einfluss, den das Geschäft auf mich auszuüben schien, und so durfte ich die Lehrstelle noch vor Weihnachten verlassen.

Zur Aufmunterung nahm Papa mich auf eine Reise in die Niederlande mit, und in Amsterdam angekommen verbrachte er das erste Mal so richtig viel Zeit mit mir.

Wir unternahmen lange, ausgedehnte Spaziergänge durch die Stadt, gingen gut essen und besichtigten verschiedene Museen, darunter auch jenes der Anne Frank, eines kleinen jüdischen Mädchens, das während des 2. Weltkrieges im KZ sein Leben lassen musste.

Eine sehr berührende Lebensgeschichte, und da mein Urgroßvater dem jüdischen Volk angehörte, eine gute Auseinandersetzung mit der Geschichte meiner Vorfahren ...

Mein Vater war aber nicht ausschließlich zum „Vergnügen" in Amsterdam! Hauptsächlich befand er sich auf einer Geschäftsreise und hatte einige Termine wahrzunehmen, bei denen er Vorträge halten musste.

Papa wollte, dass ich ihn zu diesen Geschäftsterminen begleitete, und jedes Mal bevor er im Hörsaal zu sprechen begann, stellte er mich allen mit einem stolzen Lächeln als seine Tochter vor. Eigentlich war ich es aber, die stolz sein konnte auf ihren Vater! Sobald er nämlich einen Konferenzraum betrat, blickte die Versammlung mit so großer Bewunderung auf ihn, als wäre er ein Superstar oder ähnliches!

Wie die Geschäftsleute folgte ich dann ebenfalls aufmerksam Papas Vorträgen, in denen er komplizierte Dinge mit einer unglaublichen Leichtigkeit und einem gewissen Humor vermitteln konnte.

Ein weiteres Talent, das meinen Vater auszeichnete, war die Fähigkeit, mit jedem, der ihm begegnete, leicht ins Gespräch kommen zu können! Dabei war es ihm völlig egal, ob jemand Ansehen hatte oder ob jemand ganz einfach war.

Eine Lebensweisheit, die er mir eines Tages mitgab, war jene: *„Mia, egal vor wem du einmal stehen wirst; ob das ein Bischof ist oder ein Politiker: sei immer du selber und stehe zu dem, was in deinem Herzen ist …!"*

Mir fehlten nur noch einige Monate bis zum Schulabschluss, und dann konnte ich endlich zur Lehrabschlussprüfung zugelassen werden!

Was ich danach weiter machen wollte, war mir noch unklar! Vielleicht eine weitere Ausbildung?

Bis zur Pensionierung als Verkäuferin zu arbeiten,

lag nicht gerade in meinem Vorstellungsbereich; aber das konnte ich mir ja noch überlegen!

Während ich eines Tages auf dem Weg von der Straßenbahnhaltestelle zur Schule war und solchen Gedanken über meine Zukunft nachhing, sah ich plötzlich aus der Ferne einen Mitschüler und guten Freund hastig auf mich zueilen.

Keuchend blieb er vor mir stehen und fragte mich: *„Mia, hast du schon die Nachricht von Philipp gehört?"*

Ich verneinte; dem Ausdruck seines Gesichtes nach musste jedoch etwas Schlimmes passiert sein.

Der Junge sprach weiter: *„Mia, er hat sich das Leben genommen!"*

Einige Wochen zuvor hatte Philipp mir sein Suchtproblem anvertraut, man sah es ihm aber kaum an und er scherzte darüber. Deswegen war ich mir nicht ganz sicher, ob er mir auch die Wahrheit erzählte. Irgendwie passte es nicht zu ihm, und so überkam mich diese Nachricht wirklich wie eine Hiobsbotschaft.

Als ich abends zu Bett ging, erinnerte ich mich an unser gemeinsames erstes Lehrjahr im „House of England, Scotland and Wales".

Philipp war ein Typ, der sich manchmal mit den Vorgesetzten anlegte, besonders dann, wenn er sich ungerecht behandelt oder nicht verstanden fühlte. So wurden eines Tages seine Mutter und sein Onkel zu einem Gespräch vorgeladen, und auch ich sollte für einen kurzen Moment zu jenem unangenehmen Treffen in einer der oberen Geschäftsräume kommen.

Die Geschäftsführerin wollte von mir wissen, welchen persönlichen Eindruck ich von Philipp hätte und sollte diesen vor seiner Mutter kundtun.

In einem der riesigen, ledernen Sofas saß Philipp ganz gebeugt da und sah mich mit einem hilfesuchenden, ja fast verzweifelten Blick an. Ich atmete tief durch; und dann berichtete ich von einem netten und höflichen jungen Mann, der sich stets bemühte, seine Arbeit gut zu machen, und mit dem ich mich äußerst gut verstand!

Philipp verließ bald darauf die Lehrstelle, und nur noch in der Schule kreuzten sich gelegentlich unsere Wege.

Eines Morgens hatte ich jedoch in der Nähe unseres Geschäftes eine kurze Begegnung mit ihm. Er stand da, nahm mich auf die Seite und bedankte sich, weil ich ihn vor seiner Familie nicht bloßgestellt hatte.

Nun war Philipp tot; und eine Frage beschäftigte mich ganz besonders und ließ mich keinen Schlaf finden: *„Wo war er jetzt?"*

Ich hatte nicht das Gefühl, dass er sich in Luft aufgelöst hatte, sondern dass er irgendwie anders weiterleben würde.

Doch gibt es das ewige Leben? Gibt es denn Gott?

Ja, früher als Kind hatte ich gebetet und Gott ganz nahe gespürt. Er war mir vertraut, doch jetzt? Wo war mein Glaube?

Während ich darüber nachdachte, kamen mir plötzlich wieder die Worte des Fotomodells Daniel in den Sinn, dem ich zwei Jahre zuvor begegnet war und der zu mir sagte: *„Hey Mädchen, warum bist du so traurig? Gott liebt dich!"*

Immer wieder war da dieses *„Gott liebt dich!"* … *„Mia, Gott liebt dich!"*

Mitten in dieser Nacht begann ich schließlich diesen Gott unter Tränen anzuflehen: *„Bitte, wenn es Dich wirklich gibt und wenn du mich so sehr liebst, dann hilf mir, dass ich an Dich glauben kann!"*

… im nächsten Moment konnte ich einen tiefen Frieden wahrnehmen, so wie damals im dunklen Korridor des Klosters, und es ist schwer, diesen Moment in Worte zu fassen.

Es war wie ein sanftes, wärmendes Licht, das mich einzuhüllen schien! So, als wäre Gott in seiner Dreifaltigkeit, also in vollkommener Gemeinschaft, für einen Moment in mein Herz hinabgestiegen, um mir zu sagen:

„Mia, warum weinst du?
Ich bin hier bei dir.
Ich war es gestern, ich bin es heute,
und ich werde auch morgen bei dir sein.
Immer!"

II. Kapitel
Eine Reise ins Heilige Land

Gott musste mich sehr lieb haben, da Er mich nicht aufgegeben, sondern wie ein verlorenes Schäfchen gesucht hatte; und diese Erfahrung veränderte grundlegend mein Leben!

Nach meinem Lehrabschluss arbeitete ich eine Zeit lang in der Kinderbetreuung, dann besuchte ich eine Missionsschule und anschließend führte mein Weg nach Italien, wo ich in eine religiöse, katholische Gemeinschaft eintrat.

Viele junge Menschen lebten dort, die sich entschieden hatten, Jesus in radikaler Art und Weise nachzufolgen. Doch schon nach kurzer Zeit beschäftigte mich der Gedanke, ob ich tatsächlich das Durchhaltevermögen hätte, im Schweigen, im stundenlangen Gebet und in allem, was die Gemeinschaftsregel so vorschrieb, auf Dauer leben zu können.

Leider sollte sich diese Befürchtung bewahrheiten, denn sieben Jahre später kam es bei mir zu einem sogenannten „Burn-out!".

Ja, sogar im Kloster kann es so etwas geben, nicht nur in der Arbeitswelt!

Langsam begriff ich, dass etwas in meinem Leben nicht richtig lief! Meinte ich, wenn ich alle frommen Gesetze erfüllte, dass ich Gott dadurch näherkommen könnte?

An einem eiskalten Dezembermorgen verließ ich die Gemeinschaft und begab mich zum Hauptbahnhof von Rom. Alles was ich bei mir hatte, war lediglich die Kleidung, die ich an meinem Körper trug und ein eigenartiges Gefühl in meinem Herzen, wie es wohl weitergehen würde …

Nachdem einige Tage seit meiner Rückkehr aus Italien vergangen waren, meldete sich bereits Mary mit einem gutgemeinten Vorschlag bei mir: Ich könnte doch für ein Jahr nach Jerusalem gehen; in einem österreichischen Pilgerhaus würden nämlich dringend freiwillige Helfer gesucht!

Meine erste Antwort war zunächst ein definitives *„Nein!"*, da ich doch gerade so lange Zeit im Ausland verbracht hatte. Doch diese Idee beschäftigte mich die nächsten Tage hindurch, und welche anderen Möglichkeiten hatte ich schon als frisch ausgetretene „Klosterschwester"?

Sollte ich in die Arbeitswelt eintreten und so tun, als wären die letzten acht Jahre nicht gewesen?

Mir fehlte eine gewisse Neuorientierung, also warum nicht nach Jerusalem gehen …, so als eine Art Sabbatjahr!

Von vielen hatte ich bereits gehört, dass eine Erfahrung wie diese sehr hilfreich sein konnte!

Mary war eine gute Freundin meiner Mutter, und als ich ihr nach meinen Überlegungen doch noch zustimmte, besorgte sie gleich am nächsten Tag mein Flugticket und ließ es sich nicht nehmen, für die gesamten Reisekosten aufzukommen! Am liebsten wäre sie ja selber gerne nach Jerusalem gereist, aber seit einiger Zeit hatte sie einen Enkel, um den sie sich kümmern musste, und dann gab es auch wieder so viele Bombenanschläge durch Selbstmordattentäter in den öffentlichen Bereichen der Stadt.

„Bombenanschläge und Selbstmordattentäter?"

„Sollte mich das jetzt nicht beunruhigen? War ich mir auch ganz sicher, dass ich da wirklich hinwollte?" Diese Fragen, die nicht nur mich beschäftigten, schienen wohl die Hauptursache dafür zu sein, weshalb kaum Pilger aus dem Ausland in die Stadt reisten. Sogar die Handvoll Helfer fehlte, um die weni-

gen Gäste, die ins Österreichische Hospiz kamen, betreuen zu können. Und wenn ich mir weiterhin viele Gedanken darüber gemacht hätte, was nicht alles passieren hätte können, hätte ich vielleicht auch einen Rückzieher gemacht.

Doch Ängste können Dich in einen Zustand der inneren Lähmung versetzen und hindern Dich letztendlich daran, frei und glücklich zu sein!

Frischgefallener Schnee hüllte am Morgen die Landschaft in ein weißes Kleid. Es war Anfang Februar und meine Mutter, meine Schwester und Mary brachten mich zum Flughafen nach Wien, von wo aus meine Maschine um 11Uhr Richtung Tel Aviv abhob.

Um ehrlich zu sein, konnte ich Abschiede noch nie leiden, die, wie Mama zu sagen pflegte, von einem lachenden und einem weinenden Auge begleitet würden.

Nachdem sich die Schiebetür zum Passagierareal hinter mir geschlossen hatte und mit ihr mein Blickkontakt zu meiner Familie, begab ich mich langsam Richtung Wartehalle, in der sich schon einige Juden eingefunden hatten. Mit ihnen war da auch ein bewaffneter Soldat, der uns scheinbar bewachte und mich erahnen ließ, dass ich schon bald in eine völlig andere Welt eintreten würde.

Es war so weit, wir wurden eingelassen und ich bekam einen Fensterplatz. Überrascht konnte ich feststellen, dass sich der Komfort in den Flugzeugen in den letzten Jahren um einiges verbessert hatte.

Drei Stunden dauerte der Flug und als wir zum Landen am Flughafen in Tel Aviv ansetzten, überkam mich ein eigenartiger Gedanke: *„Mein Gott, so viele Christen und Juden träumen von nichts anderem,*

*als einmal in ihrem Leben ins Heilige Land zu reisen!
Und ich, die ich mir eigentlich nie sonderlich darüber Gedanken gemacht habe, lande hier in wenigen Augenblicken und völlig unverdienterweise!"*

Mit einem Bus wurden wir dann vom Flugzeug zum „Checkpoint" gebracht. Außer meinem Reisepass hatte ich auch noch Papiere dabei, die bestätigten, dass ich als Volontärin im Österreichischen Hospiz „zur Heiligen Familie" für elf Monate arbeiten würde.

Am Flughafen herrschte etwas Chaos, und so reihte ich mich versehentlich bei den orthodoxen Juden ein! Diese sahen mich zwar etwas verwundert an, dennoch dauerte es eine ganze Weile, bis ich begriff, dass hier ausschließlich der Übergang für jüdisch-orthodoxe Männer vorgesehen war …

Am richtigen Kontrollpunkt angekommen, wurde ich dann von einer Beamtin auf die Seite geschoben und über meinen Aufenthalt in Israel befragt.

Ich war ziemlich verunsichert und zeigte ihr meine Bestätigung, die bezeugen sollte, dass ich als freiwillige Helferin ins Land eingereist kam. Schließlich unterbrach sie die Fragerei, lächelte mich verständnisvoll an und stempelte meine Papiere ab mit den Worten: *„Alles in Ordnung, sie können jetzt gehen. Willkommen in Israel!"*

Als ich den Checkpoint hinter mir gelassen und meinen Koffer abgeholt hatte, führte eine Rolltreppe hinunter in die Ankunftshalle. Das war eine gute Gelegenheit, die beiden Personen ausfindig zu machen, die mich abholen sollten.

In der wartenden Menschenmenge, die mit Namensschildern in den Händen hin- und herrief, entdeckte ich plötzlich auch meinen Namen, mit einem ziemlich großen Foto von mir.

Eigentlich wusste ich ja, wie ich aussah, aber möglicherweise lag es daran, dass die Dame, die das Schild in die Höhe hielt, von kleiner Statur war, und vielleicht sichergehen wollte, dass ich es auch sähe. Dem nicht genug, winkte sie mir noch mit der anderen Hand eifrig zu, als sie mich als das Ebenbild ihres Bildes erkannte.

Sie stellte sich als Schwester Traude vor, und der junge Mann, der sie begleitete, hieß Nino: ebenfalls Volontär, aus Deutschland kommend.

Schwester Traude lebte schon seit einiger Zeit in Jerusalem und war von ihrem Orden beauftragt worden, zur Unterstützung und Koordination verschiedener Arbeiten im Pilgerhaus beizutragen.

Nun, da das geklärt war, verließen wir den Flughafen und fuhren mit dem Auto über eine Stunde durch eine ziemlich trockene Landschaft, mit dicht-

bebauten Siedlungen und von Soldaten bewachten Landstraßen, bis dann die in Sandstein erbaute
und von der späten Nachmittagssonne beleuchtete
Stadt Jerusalem geradezu majestätisch vor uns lag.

Nachdem wir die verkehrsreiche Neustadt durchquert hatten, näherten wir uns den Altstadtmauern. Wir fuhren an einem kleinen Hügel vorbei und bogen in eine schmale Straße ein, zum sogenannten „Löwentor". Diese führte dann geradewegs zum Österreichischen Hospiz „zur Heiligen Familie".

Fast so nebenbei erwähnte Schwester Traude: „Schauen sie, Mia, das da drüben, das ist der Ölberg!"

Sie schien ziemlich genervt zu sein, da wir immer wieder von Soldaten aufgehalten wurden und es eine ganze Weile dauerte, bis wir mit dem Auto schließlich weiterfahren durften.

Ein riesiges eisernes Tor öffnete sich langsam vor uns, und dann fuhren wir eine schmale Einfahrt hinauf. „Da wären wir, Mia! Willkommen im Österreichischen Hospiz!"

Es schien wie eine Oase in der dichtbebauten Stadt. Zitronen und Pfefferbäume wuchsen neben dem Parkplatz in den Gärten, und auch ansonsten war das Pilgerhaus umgeben von riesigen Kakteen, Palmen, wohlriechenden Kräutern und Blumen.

Die Schwester ließ mich meinen Koffer nehmen und brachte mich zu einem kleineren Nebengebäude, das sogenannte „Schwesternhaus". Im ersten

Stockwerk angekommen, öffnete sie eine verglaste Holztür mit den Worten: *„Wissen Sie, Mia, Ihr Zimmer ist sehr klein. Wir nennen es deswegen auch die „Schuhschachtel", aber es ist sehr hell und freundlich, und außerdem haben Sie gleich frische Luft und einen schönen Blick in den Garten, wenn Sie Ihr Zimmer verlassen.*

Sie können sich jetzt frisch machen und zum Abendessen erwarten wir Sie im Speisesaal …"

Nun, mit der Größe des Zimmers hatte sie wirklich nicht übertrieben, aber ich liebte diese „Schuhschachtel"!

Unterhalb meines Fensters führte der sogenannte „Souk", eine belebte Marktstraße, vorbei, und es war spannend, die vielen unterschiedlichen Menschen von meinem Fenster aus zu beobachten.

Die Altstadt Jerusalems ist ja in vier Bereiche aufgeteilt. So gibt es das Jüdische, das Arabische, das Christliche und das Armenische Viertel.

Wir waren im arabischen Teil der Stadt, doch man sah auch immer wieder viele orthodoxe Juden mit ihren großen Pelzhauben hastig den Souk entlangeilen, da er für sie der kürzeste Weg war, um von der Neustadt aus die Klagemauer zu erreichen.

Frühmorgens konnte man dann die palästinensischen Frauen beobachten, wie sie auf ihren Köpfen riesige Bündel von Weinblättern trugen und diese – am Boden sitzend – auf den Straßen verkauften. Auch israelische Soldaten und Polizisten drehten in regelmäßigen Abständen ihre Runden, oder besser gesagt hatten sie es sich zur Gewohnheit gemacht, auf den Treppen vor unserem Eingang zu sitzen und zu warten … so lange zu warten, bis irgendwo Alarm geschlagen wurde …

Es war also das Leben pur unter meinem Fenster!

Das Hospiz selbst mit seinen Garten und den Arkaden hatte durchaus etwas romantisches, und wer sich bis auf das Dach hinaufwagte, konnte einen wunderbaren Blick auf die Altstadt bis hin zum Felsendom genießen.

Es war eigenartig, aber vom ersten Moment an fühlte ich mich, als wäre ich hier zu Hause.

Am ersten Tag nach meiner Anreise wurde mir noch kein Dienst im Pilgerhaus zugewiesen: dies war so üblich, damit sich die neuen Volontäre ein bisschen besser zurechtfinden konnten.

Nun gab es in Jerusalem so vieles zu sehen und zu erkunden, ich wusste gar nicht, wo ich als Erstes hingehen sollte!

Motiviert wollte ich mich schon auf den Weg machen, doch vom Rezeptionisten des Hauses wurde mir eindringlich davon abgeraten, alleine in die Stadt zu gehen, da man sich im Straßengewirr Jerusalems ganz leicht verirren konnte.

Dem gutgemeinten Ratschlag folgend, entschied ich mich dann für eine Besichtigung des Ölberges, an dem wir ja schon am Tag zuvor vorbeigefahren waren.

Im Garten von Getsemani angekommen, war ich ganz alleine dort, und um ehrlich zu sein, entsprach das, was ich da sah, so gar nicht meinen Vorstellungen! Eine Hauptstraße führte geradewegs vorbei und vom Garten selbst war auch nicht gerade sehr viel übrig geblieben.

Dennoch vermittelte mir dieser Ort auch etwas Besonderes und Geheimnisvolles zugleich: „Jesus, Gottes Sohn, war vor über zweitausend Jahren auch hier!"

Neben den alten Olivenbäumen, die durch einen Zaun geschützt wurden, stand die Kirche aller Nationen. In ihr befand sich vor dem Altar jener Fels, auf den Jesus sich gestützt und Blut geschwitzt haben soll.

Immer wieder fragte ich mich, ob alles nur ein Traum sei oder ob ich wirklich hier war.

Es ist ein seltsames Gefühl, wenn du jahrelang in der Heiligen Schrift von diesem Ort gelesen hast und dann auf einmal selbst dort bist. Das fühlte sich unwirklich an und ich wartete nur darauf, dass mich jemand fest kneifen und sagen würde: „Mia, wach auf. Du kannst unmöglich hier sein!" Aber bis das geschehen würde, verließ ich Getsemani wieder und ging eine kleine Straße weiter den Berg hinauf. Ich kam an einem jüdischen Friedhof vorbei, der sich fast über die ganze Hälfte des Ölberges erstreckte. Die Juden sind nämlich der Überzeugung, dass das Gericht Gottes in Jerusalem beginnen und die Auferstehung von den Toten am Ölberg als Erstes stattfinden würde. Anders als bei uns bringt man den Verstorbenen beim Besuch nicht eine Kerze oder Blumen mit, sondern einen Stein, der auf das Grab gelegt wird.

Anhand dieser Steine konnte man auch sehr gut erkennen, ob jemand bekannt war, eine große Familie hatte oder eher einsam gelebt haben musste.

Ich ging weiter und kam zu einem anderen schönen Garten, der den Franziskanern gehörte. Der Aufseher begrüßte mich freundlich und führte mich zu einem kleinen Kirchlein im Inneren des Grundstückes.

Der Weg führte zunächst an alten Gräbern, dann an

blühenden Sträuchern, Blumen und Bäumen vorbei. Als ich zu meinen Füßen hinunter sah, stellte ich fest, dass auch ein kleines, rothaariges und verspieltes Kätzchen tapsig unseren Schritten folgte …

Beim Betreten des Kirchleins, eröffnete ein großes Fenster, hinter dem Altar einen wunderbaren Blick auf die Altstadtmauer Jerusalems und deren Goldenes Tor.

Früher war das Goldene Tor mit seinem Doppelbogen der Haupteingang zur Stadt und symbolisierte die Barmherzigkeit und die Gerechtigkeit Gottes. In den Schriften liest man, dass der Messias durch dieses Tor einziehen würde, und tatsächlich geschah dies mit dem Einzug Jesu am Palmsonntag. Natürlich sind es nicht mehr dieselben Stadtmauern wie vor 2000 Jahren! Jerusalem ist ja immer wieder zerstört und dem Erdboden gleichgemacht worden. Sie vermitteln aber dennoch einen guten Eindruck, wie es damals ausgesehen haben könnte.

Im Gebetsraum, in dem ich mich nun aber befand, betrachtete ich am Fußboden ein Mosaik, das eine Henne darstellte, die ihre Küken unter den Flügeln zu schützen suchte ... und daneben?
Daneben war da wieder dieses kleine rothaarige Kätzchen, das mit ausgestreckten Pfötchen am Boden liegend nun nach Streicheleinheiten verlangte! Dies musste also jener Ort sein, an dem Jesus über die Stadt Jerusalem geweint hatte, weil sie nicht erkennen wollte, was ihr den Frieden bringen würde!

Bis zum Mittagessen war ich von meinem Ausflug wieder ins Österreichische Hospiz zurückgekehrt und lernte Paul kennen, einen 22-jährigen Zivildiener und Studenten, der hier für 14 Monate seinen

Dienst leistete. Er war ein freundlicher, gut ausse-
hender junger Mann, der es sich nicht nehmen lassen wollte, mir nach dem Essen auch noch die histo-
rische Altstadt von Jerusalem zu zeigen.

Gut gemeint schleppte er mich durch die engen
Gässchen und Märkte: vom Kreuzweg angefangen
bis zur Grabeskirche, übers Jaffator zur Dormitio-
Kirche, wo sich daneben der Letzte Abendmahlsaal
und darunter das Grab des großen Königs David
befinden. Danach ging es weiter nach „San Pietro in
Gallicantu", wo Jesus in der Nacht vor seiner Kreuzi-
gung von Petrus verleugnet wurde; und dem nicht
genug, marschierten wir zum sogenannten „Dung-
tor", von wo aus man erst eine Sicherheitskontrolle,
den sogenannten „Checkpoint", passieren musste,
um dann zur Klagemauer zu gelangen.

Überquerte man deren großen Vorplatz, erreichte
man auf der anderen Seite eine kleine Straße, die
dann glücklicherweise geradewegs zum Hospiz
führte.

Es war mir, als hätte ich an einem einzigen Tag so
ziemlich alles gesehen, was man in dieser Stadt nur
sehen konnte. Das stimmte natürlich nicht, aber es
waren unglaublich viele Eindrücke und mein Kopf
kam langsam an das Ende seiner Speicherkapazität.

Am darauffolgenden Tag wurde ich von einer gewissen Hanna, einer vornehmen Dame, die schon seit vielen Jahren nach Jerusalem kam, in die Reinigung der Gästezimmer eingeschult. Doch dann waren plötzlich Sirenen in der ganzen Stadt zu hören – und das verhieß nichts Gutes!

Als wir in die Rezeption hinunterkamen, erfuhren wir, dass in der Neustadt ein Linienbus gesprengt worden war, und es viele Opfer zu beklagen gab.

So eine Nachricht zu hören war bedrückend, und alle im Haus waren sehr betroffen!

Am Nachmittag machte ich mich deswegen auf den Weg zur Klagemauer und verbrachte dort einige Zeit im Gebet für die Opfer und deren Familien.

Diese Klagemauer oder „Westmauer", wie sie eigentlich von den Juden genannt wird, besteht aus den Überresten einer der Außenmauern des Tempels und war einer der umkämpftesten Orte in Jerusalem.

Ich begab mich in den Gebetstrakt der Frauen, wo auf einem großen Holztisch ein Haufen gestapelter Thora-Bücher lag, die man sich ausborgen konnte. Zu meinem Erstaunen waren es vorwiegend sehr junge Frauen, die da beteten, und während sie immer wieder das Buch umarmten und an ihre Gesichter drückten, neben unzähligen Verneigungen beim Namen „Adonaj", vermittelten sie mir eine unbeschreibliche Sehnsucht nach Gott.

Beim Verlassen der Klagemauer bewegte man sich dann so nach hinten, dass man nie der Mauer den Rücken zukehrte. Ich glaube, man tat dies aus Ehrfurcht und Respekt diesem Heiligen Ort gegenüber.

Meine freien Tage verbrachte ich am liebsten in der Stille in „San Pietro in Gallicantu", dort wo Petrus den Herrn dreimal verleugnet hatte. Es war ein sehr friedlicher Ort, der etwas abgelegen von den Altstadtmauern Jerusalems lag.

Eines Tages hörte ich jedoch von dort aus immer wieder Schüsse in der Ferne fallen, und als ich den

Heimweg antreten wollte und die Straße oberhalb des Kidrontales Richtung Löwentor entlangspazierte, musste ich an vielen Soldaten und Polizisten vorbei, um ins Hospiz zu gelangen.

Einen von ihnen fragte ich, was denn vorgefallen wäre, und mir wurde erklärt, dass Unruhen am Tempelplatz die Gegend unsicher machen würden.

Besonders lange war ich ja noch nicht in diesem Land, doch an solche kriegsähnlichen Szenarien würde ich mich wahrscheinlich gewöhnen müssen! Manchmal wurden auch Straßen gesperrt, wenn irgendwo ein verdächtiger Müllsack mitten am Weg lag.

Ein kleiner Roboter kam dann zum Einsatz, begutachtete das Objekt von allen Seiten und sprengte es zum Abschluss „gezielt" in die Luft!

Ein anderes Mal wurde in unserer Nähe vor den Altstadtmauern ein joggender Palästinenser von einem vorbeifahrenden Auto aus erschossen. Er war schwarz gekleidet und wurde von radikalen Palästinensern für einen Juden gehalten …

So gab es fast täglich schreckliche Meldungen, die uns erreichten und erahnen ließen, wie spannungsgeladen die Situation zwischen diesen beiden Bevölkerungsgruppen sein musste.

Es gab aber auch hoffnungsvolle Zeichen, denn auf

beiden Seiten waren es vor allem viele Jugendliche, die nach dem Frieden suchten und an ein gutes Miteinander glaubten. Diese fand man aber weniger in den religiösen Gruppierungen, sondern meistens bei gemeinsamen kulturellen Festen oder auf der Straße.

Nun, wenn in einem Land die Glaubenszugehörigkeit zu Hass und Gewalt führt, dann ist es nur verständlich, dass ein Großteil von ihnen dem religiösen Leben ihren Rücken zugekehrt hatten!

Aber nun zurück zu meinem freien Tag.

Da ich noch Zeit hatte, wollte ich mir gerne die Bethesda-Teiche ansehen, die ebenfalls an unserer Straße lagen. Bei ihnen hatte Jesus einen gelähmten Mann geheilt und wurde dann von den Pharisäern beschuldigt, das Gesetz zu missachten, weil er dies an einem Sabbat getan hatte.

Der Sabbat ist ein strenger jüdischer Ruhetag, an dem nicht gearbeitet werden darf!

Es gibt Vorschriften, die einem gläubigen Juden heutzutage sogar verbieten, bei Regen einen Schirm aufzuspannen, da dies an die Erbauung eines Zeltes erinnern würde. Die Heilung des Mannes und das darauffolgende Fortgehen mit seiner Tragbahre in der Hand zählten auch damals als Arbeit und somit für die Pharisäer als Gesetzesbruch.

Als ich mich den Ausgrabungen näherte, an denen das Wunder geschehen war, blickte ich mit großer Enttäuschung auf einen einzigen großen Steinhaufen. Nicht einmal Wasser gab es dort; einfach nichts! Einige Schritte davon entfernt konnte man auch die Basilika der hl. Anna besuchen, die 1142 von Avda, der Witwe Balduins I., erbaut wurde.

In der Kirche sollte man unbedingt ein Lied singen, denn dort gibt es die schönste Akustik! Als ich das „Magnifikat" anstimmte, war es so, als würde die Stimme regelrecht aufsteigen und in die Ferne schweifen. Das war wirklich faszinierend!

Unterhalb der Kirche erinnerte dann ein höhlenartiges Gemäuer an die Geburts- und Wohnstätte der Muttergottes und deren Eltern Anna und Joachim.

Wo ich aber auch hinkam, war ich alleine. Nur hin und wieder tauchten kleine Grüppchen von Pilgern auf, die schnell alles besichtigten, fotografierten und dann genauso schnell wieder verschwanden.

So wurde es langsam Nachmittag, und nun wollte ich wirklich nach Hause gehen.

Etwa 100 Meter vor meinem gewünschten Ziel versperrten mir jedoch Franziskaner den Weg, die aus ihrem Kloster in ein gegenüberliegendes Gebäude eilten. Auch andere Menschen waren da, also folgte ich ihnen aus Neugierde nach.

Sie versammelten sich in einem Innenhof, in dem man sich an die Verurteilung Jesu erinnerte, und einer der Brüder erklärte mir, dass man normalerweise dort nicht hineingehen durfte, da dieser Hof innerhalb einer arabischen Schule lag. Eine Ausnahme würde lediglich gemacht werden, wenn sie am Freitagnachmittag den Kreuzweg beteten.

So schloss ich mich den Franziskanern an und ging von da an fast jede Woche mit ihnen mit.

In einem ziemlich beachtlichen Tempo wurden dabei die Kreuzwegstationen Richtung Grabeskirche „abgeklappert", mit kurzen Betrachtungen bei den dafür eigens errichteten Kapellen. Das Leben lief weiter auf den Straßen Jerusalems!

Manche Christen hielten das für etwas abschreckend, und auch für mich war das anfangs ziemlich ungewohnt! Als mir aber bewusst wurde, dass es vor 2000 Jahren wohl kaum anders zugegangen war, fühlte ich mich Jesus nie so nahe wie in diesen Momenten auf der belebten Via Dolorosa.

An diesem ereignisreichen Tag, den ich in der Stadt verbracht hatte, hielt ich mich leider auch viel zu lange ungeschützt in der Sonne auf.

Als ich nach einer eher schlaflosen Nacht am nächsten Morgen mein Spiegelbild betrachtete, musste ich feststellen, dass sich ein ziemlich aggressiver Herpesvirus von meiner Mundhöhle aus bis in die obere linke Gesichtshälfte ausgebreitet hatte. Und dieser Virus machte mir wirklich zu schaffen!

Auch die darauffolgenden Nächte konnte ich kaum Schlaf finden, da es abwechselnd juckte, reizte und schmerzte. Dabei waren mein Mund und ein Teil des Gesichtes angeschwollen und voller offener Wunden. Essen konnte ich lediglich Joghurt, welches mir Schwester Traude hin und wieder vorbeibrachte, und Arbeiten in diesem Zustand war natürlich auch völlig ausgeschlossen!

Zehn Tage verbrachte ich sozusagen in Quarantäne, in der mich manchmal das Gefühl überkam, den Verstand zu verlieren. Wie froh war ich, als ich dann wieder im Service arbeiten durfte!

Mein Gesicht sah zwar immer noch so aus, dass es bei manchen Gästen Mitleid, bei anderen wieder Entsetzen auslöste, aber die Infektionsgefahr war vorüber, und die Wunden begannen langsam abzuheilen.

Es war ein schöner, angenehmer Frühlingsmorgen, und da ich schon sehr zeitig aufgewacht war, begab ich mich etwas früher als sonst in die Küche hinunter, um für die Pilger das Frühstücksbuffet herzurichten.

Da kam unerwartet Mohammed, einer unserer palästinensischen Köche mit einem leicht panischen Gesichtsausdruck auf mich zugelaufen. Emotional aufgeladen und mit zittriger Stimme erzählte er mir, dass die Israelis den Anführer der radikalen Hamas-Bewegung, Ahmad Yassin, ermordet hätten. Und dies auf eine sehr grausame Art und Weise, indem sie nämlich eine Bombe auf sein Auto warfen, zu dem er gerade mit seinem Rollstuhl gebracht wurde.

Die nächste große Krise stand also unmittelbar bevor! PLO-Chef Jassir Arafat rief eine dreitägige Staatstrauer aus, die natürlich bei den Israelis auf völliges Unverständnis stieß. Der arabische Stadtteil in unserem Viertel schien jedoch dem Aufruf Folge zu leisten, denn alle Straßen schienen plötzlich wie ausgestorben zu sein.

Es war fast gespenstisch, diese Stille, und im Hospiz wurde bereits überlegt, ob alle Volontäre aus Sicherheitsgründen das Land lieber verlassen sollten.

Doch dann füllten sich bereits am zweiten Tag, trotz der allgemein bedrückten und angespannten Lage, langsam wieder die Straßen. Vom Rektor des Pilgerhauses kam allerdings die Empfehlung, es zu vermeiden, in die Stadt zu gehen.

Tatsächlich gab es ja auch am Vorabend in unserer Straße einen „Bombenalarm"; und da der verdächtige Müllsack unterhalb meines Fensters lag, durften wir für einige Stunden das Schwesternhaus nicht betreten.

Ein Gebäude des israelischen Staatschefs Ariel Sharon grenzte an unser Hospiz, und dieses schien die ideale Zielscheibe für einen Racheakt seitens der Palästinenser zu sein. Davon ging man zumindest aus, doch diese Befürchtung bewahrheitete sich letztendlich doch nicht!

Eine neue Volontärin, die an ihrem ersten freien Tag dennoch etwas von der Stadt sehen wollte, fragte mich, ob ich sie wenigstens auf den Ölberg begleiten könnte. So machten wir uns auf den Weg zur „Vaterunser-Kirche", die oberhalb des Berges lag.

In der Grotte, in der Jesus seinen Jüngern das Gebet des Herrn gelehrt hatte, blieb dann mein Fotoapparat liegen und es vergingen ganze 40 Minuten, bis ich mir dessen bewusst wurde … Eigentlich dank Tanja, die unbedingt mit einem weißen Esel auf der Straße fotografiert werden wollte. Um ihrem Wunsch nachzukommen, durchsuchte ich das Chaos in meiner Tasche, doch leider … der Fotoapparat war weg! Also hieß es zurückzulaufen zur Kirche, allerdings mit geringer Hoffnung, dass ich ihn wieder finden würde.

Tanja wartete draußen, während ich das ganze Gebiet absuchte, und in der Grotte angekommen war dort gerade eine kleine asiatische Pilgergruppe versammelt.

Ich musste wohl einen sehr verzweifelten *„Wo ist mein Fotoapparat-Blick"* gehabt haben, denn eine Frau streckte ihn mir sofort verständnisvoll entgegen, als ich die Treppe herunterkam. Ich hatte schon so viele Bilder gemacht, dieser Verlust wäre wirklich zu schade gewesen!

Am Fuß des Ölberges angekommen, machten wir noch eine Pause in einer anderen Grotte, in die sich Jesus oft mit seinen Jüngern zurückgezogen hatte. Ein alter Franziskaner saß dort im Halbdunkel an einem kleinen Tischchen, offensichtlich um den Pilgern für Fragen zur Verfügung zu stehen.

Als wir wieder beim Gehen waren, rief der Bruder plötzlich mit lauter Stimme: „Signora! Signora!"

Ich drehte mich zu ihm und fragte ihn, ob ich ihm irgendwie behilflich sein könnte. Daraufhin zog er ein kleines Fläschchen aus seiner Tischlade hervor, mit der Bitte: „Signora, könnten Sie mir bitte meine Augen eintropfen?"

Während dieser kurzen Behandlung erzählte mir

dieser aus Italien stammende Bruder, dass er als kleiner Junge von seiner Lehrerin gefragt worden war, wohin er gerne wollte, wenn er einmal groß wäre. Er blickte auf die große Weltkarte, die an der Tafel hing und tippte mit seinem Zeigefinger auf Jerusalem.

Nachdem er in den Orden der Franziskaner eingetreten war, lebte er eine Zeit lang in Ägypten, dann in Syrien, im Libanon und noch in anderen Ländern, die ich mir absolut nicht merken konnte! Auf seine alten Tage hatte sich sein Traum doch noch erfüllt, und nun befand er sich schon seit sechs Jahren hier in der Heiligen Stadt.

Was für ein bewegendes und spannendes Leben musste dieser Bruder wohl schon hinter sich haben. Allerdings konnte ich mir nun gut vorstellen, dass sein Augenleiden bestimmt von der schlechten Beleuchtung in der Grotte kam. Sämtliche Büchlein und Gebetstexte lagen auf seinem Tischchen, und immer wenn ich die Grotte aufsuchte, saß da der betagte Bruder, der betete und las.

Nach zwei Monaten verließ ich zum ersten Mal Jerusalem.

Mit drei anderen Volontären machte ich mich auf den Weg nach Betlehem, und ich war richtig aufgeregt vor Freude! Schließlich handelte es sich um jenen Ort, an dem Gott selber ein kleines Kind wurde …

Mit dem Sherut, einem Sammeltaxi, wurden wir nach Bet Shala gebracht. Dort gab es noch keine acht Meter hohe Mauer, und so konnte man ohne langwierige Kontrollen nach Palästina gelangen. Die Palästinenser beeilten sich beim Hinübergehen, und ein Mann, der ein verletztes, blutendes Kind in seinen Armen trug, lief ganz besonders schnell an mir vorbei.

Nun hatte auch ich verstanden, dass dieser Übergang wohl nicht ganz legal war!

Als wir auf der anderen Seite ankamen, warteten schon unzählige Taxis auf uns, in die man sich hastig hineinzwängen musste, bis es fast keinen Platz mehr zum Atmen gab. Und so wurden wir dann nach Betlehem, das übersetzt „Haus des Brotes" bedeutet, zur Geburtskirche gebracht.

Die Armut an jenem Ort war unvorstellbar groß, und die Händler in den Straßen noch viel aufdringlicher als in Jerusalem. Dies war aber auch verständlich, denn die Arbeitslosigkeit in der Bevölkerung lag bei 60 Prozent!

In einer Schnitzerei, führte uns der Besitzer über eine Außenleiter, bei der Höhenangst absolut fehl am Platz gewesen wäre, auf das Dach hinauf.

Die Aussicht auf die ganze Umgebung war von dort aus einfach überwältigend! Betlehem ist ja schon zu einem richtigen Städtchen herangewachsen, das bald Jerusalem erreichen wird.

Mit einer großen Handbewegung deutete der Holzschnitzer auf ein riesiges Gebiet von Oliven, das einmal ihm gehört hatte und von den Israelis durch den Mauerbau beschlagnahmt wurde. Ob er eine Entschädigung dafür bekommen hatte, wollte er uns nicht verraten, bestimmt war es aber ein großer Verlust, den er da hinnehmen musste.

Weiteres erzählte er: *„Wissen Sie, früher, da konnte ich viel Holz verkaufen. Heute muss ich es selber von anderen Leuten kaufen!*

Pilger sieht man auch fast keine mehr in Betlehem, und so machen wir kein Geschäft mehr und verarmen!" …

Wir verließen Betlehem und nahmen den kürzeren Weg über den Checkpoint. Dort türmte sich bereits die acht Meter hohe Mauer vor uns auf, und Soldaten bewachten mit aller Strenge und Aufmerksamkeit den Übergang.

Der Checkpoint war immer wieder ein beliebtes Ziel für Selbstmordattentäter, und einmal war es sogar ein kleiner behinderter Junge, der mit einem

Sprengstoffgürtel den Kontrollpunkt passieren wollte. Die Soldaten wurden auf seine viel zu große Jacke aufmerksam und gaben ihm den Befehl, er möge diese in sicherer Entfernung ausziehen. Ja, und dann kam der Wahnsinn zum Vorschein!

Man wurde von den Soldaten also einzeln aufgerufen und durfte sich nur mit sehr langsamen Schritten nähern. Aus einer gewissen Distanz wurde die elektronische Sicherheitskontrolle durchgeführt, und wenn die Soldaten ein Zeichen gaben, durfte man weitergehen, um den Ausweis kontrollieren zu lassen.

Die palästinensischen Kinder nützten diese Gelegenheit sehr klug!

Während wir auf unseren Aufruf warteten, stopften sie in unsere Taschen sämtliche Zuckerl und Kaugummis und baten dann mit ihren großherzigen Augen darum, ihnen ein paar Schekel zu schenken (fünf Schekel entsprachen etwa einem Euro!).

Dabei nützte es herzlich wenig, nur einem Kind zu einem gelungenen Geschäft zu verhelfen! Man musste dann schon allen Süßigkeiten um den gleichen Preis abkaufen; erst dann waren die Kinder zufrieden und fühlten sich gerecht behandelt!

Im Österreichischen Hospiz gab es immer wieder einmal Zeiten, in denen auch mehrere Gäste im Haus waren. So zum Beispiel, wenn Dr. Bruno, ein deutscher Priester, der schon seit sechzehn Jahren hier lebte, mit einer Pilgergruppe von einer mehrtägigen Kameltour aus der Wüste zurückkam.

Ich war meistens im Service eingeteilt, und dann waren diese tapferen Heimkehrer sichtlich glücklich, jemanden gefunden zu haben, dem sie ihre Erlebnisse und Eindrücke gleich einmal mitteilen konnten. Die meisten von ihnen waren bereits fortgeschrittenen Alters, strahlten aber wie kleine Kinder, die gerade etwas ganz Besonderes erlebt haben mussten.

Ja, die Wüste ist überwältigend! Ein einziges Mal fuhr ich mit einer Jugendgruppe am späten Abend in die Wüste, und noch nie hatte ich einen Sternenhimmel von derartigem Ausmaß gesehen.

Abgesehen davon war es, als würde die Welt dort für einen Moment stillstehen oder völlig harmonisch in sich ruhen.

In der Mittagszeit war es im Pilgerhaus auch meistens ruhig. Üblicherweise kam der evangelische Pfarrvikar Pierre zum Essen, bei dem ich den leisen Verdacht hegte, dass er sich in mich verliebt hatte. Und dann war da noch P. Georges, der armenisch-katholische Bischof von der dritten Kreuzwegstation. Anfangs wusste ich ja nicht, dass P. Georges Bischof war. Er kam immer so schlicht und bescheiden in seiner löchrigen Soutane in den Speisesaal hereinspaziert, wer konnte denn da schon erahnen, wer er war?

Bei einer Trauerfeier unseres Tellerwäschers, dessen Onkel verstorben war, wechselten wir zum ersten Mal einige Worte, und danach unterhielt sich P. Georges jedes Mal mit mir, wenn ich im Service arbeitete.

Von diesen Unterhaltungen schien Pierre jedoch nicht allzu begeistert gewesen zu sein. Er hatte ebenfalls schon des Öfteren das Gespräch mit mir gesucht, und bestimmt beschäftigte ihn die Frage: *„Wieso zieht Mia es vor, mit diesem alten Mann an einem Tisch zu sitzen?"*

Nun, vielleicht lag es daran, dass P. Georges so etwas Gutmütiges und Wohlwollendes ausstrahlte und mich mit seinem Lächeln stets ermutigte.

Leider schien er auch ziemlich krank zu sein; Tabletten waren nämlich stets seine Nachspeise, nach der Nachspeise …

Während der Prozession am Palmsonntag, die von Betfage nach Jerusalem führte, entdeckte ich P. Georges dann zum ersten Mal als Bischof unter den anderen Bischöfen und machte große Augen, als er an mir vorüberging.

Aber nun zur Karwoche! Wenn es mir vom Dienst her möglich war, besuchte ich am Morgen die Heilige Messe in unserer Straße bei den Franziskanern. Einmal wollte ich nach dem Frühstück nochmals hingehen, um zu beichten, doch ein Gärtner arbeitete gerade im Hof und wies mich daraufhin, dass alle Franziskaner bereits nach Getsemani, zur Kirche aller Nationen, gegangen wären. Er meinte, ich sollte ihnen folgen, dann würde ich bestimmt genügend Priester finden.

Dort angekommen fand gerade eine liturgische

Feier statt, in der die ganze Leidensgeschichte Jesu in drei verschiedenen Sprachen vorgelesen wurde. Sehr viele Christen waren gekommen, und somit war das Chaos danach vorprogrammiert. Ich wollte aber unbedingt zur Beichte gehen, also machte ich mich noch auf den Weg in die Altstadt, zur Grabeskirche.

Zugegeben war das keine so gute Entscheidung, denn der hochbetagte Franziskaner, den ich dort antraf, ging mit mir ganz schön ins Gericht!

Für ihn war es ein absolutes „No-Go", dass ich aus der Gemeinschaft in Italien ausgetreten war, und dann hat er mich noch so moralisiert, dass meine ganze Freude vom Morgen dahin war.

So etwas hatte ich bis dahin noch nie erlebt, und ich fühlte mich irgendwie niedergeschlagen und verunsichert …

An der VI. Kreuzwegstation lebte Schwester Emi von den „Kleinen Schwestern Jesu" und verkaufte selbst gemachte Gegenstände in einem Laden.

Ich mochte sie sehr, und als sie mir eines Morgens in einer versteckten Ecke im hinteren Teil des Geschäftes einen arabischen Kaffee zubereitete, erzählte sie mir, dass auch sie schon die Bekanntschaft mit jenem Priester gemacht hatte.

Schwester Emi war aber eine unglaublich selbstbewusste Frau, und so stand sie während der Beichte einfach auf und verließ den Beichtstuhl mit den Worten: *„Entschuldigen Sie, Padre, aber so unbarmherzig ist unser Herr Jesus Christus nicht!"*

Die Sterbestunde Jesu verbrachte ich dann am Karfreitag nicht in der Grabeskirche, auf Golgota, sondern im Garten von Getsemani.

Eine deutschsprachige Jugendgruppe hatte sich dort eingefunden und betete gerade einen Rosenkranz. Vielleicht war sie auch vom Tumult in der Stadt geflohen, denn schon den ganzen Tag hindurch pilgerten tausende von Menschen von der Via Dolorosa zur Grabeskirche.

Als die Kirchenglocken drei Uhr schlugen, erinnerte ich mich an den guten Schächer, der neben Jesus am Kreuz hing; den Heiligen Dismas. Er sagte zum Herrn: *„Herr, ich leide das alles zu Recht wegen meiner Sünden. Aber bitte denk` an mich, wenn Du in Dein Reich kommst."* Und Jesus antwortete ihm: *„Amen, ich sage dir, heute noch wirst Du mit mir im Paradies sein."*

Diese Szene ist für mich eine der berührendsten in der Bibel, weil sie doch am besten veranschaulicht, weshalb Jesus in die Welt gekommen ist.

Er will die Verlorenen suchen, sie heilen, sie trösten und – so verrückt es auch klingen mag: Sein Leben für sie hingeben!

In diesem religiösen und politischen Chaos, das man in Jerusalem vorfindet, dachte ich manchmal: *„Mia, entweder verlierst du hier deinen Glauben, oder du findest ganz stark zum Glauben an einen Gott, der seine Geschöpfe liebt und kein Interesse daran hat, sie ihrer selbst zu überlassen!"*

Ist die Auferstehung Jesu nicht das größte Zeichen dafür?

Doch dazu braucht es Glauben! Wirklich starken Glauben!

Die Osterliturgie am Karsamstag wollten alle freiwilligen Helfer vom Hospiz in der St.-Anna-Kirche verbringen, weil sie dort in deutscher Sprache gefeiert wurde.

Mein Plan wäre es gewesen, mich ihnen anzuschließen, doch dann sollte alles wieder anders kommen! Schon seit einiger Zeit fühlte ich mich von einem jungen Mann belästigt, der mich regelrecht verfolgte, obwohl ich ihm ziemlich deutlich und mehrmals erklärt hatte, dass auf meiner Seite kein Interesse ihm gegenüber bestehen würde.

Unser Zivildiener Paul hatte dies mitbekommen und es sich zur Aufgabe gemacht, mich zu schützen und zu warnen, wenn dieser junge Mann in unserem

Haus auftauchen würde.

Es war abends, und ich war noch in der Küche beim Teller abwaschen, als plötzlich das Telefon klingelte.

„Mia, er wartet in der Lobby auf dich. Was soll ich ihm sagen?", flüsterte Paul ins Telefon.

„Ich weiß es nicht Paul, sag ihm, dass ich nicht da bin oder keine Zeit habe … irgendetwas!"

Als ich in die Rezeption gehen wollte, um den Schlüssel von der Küche abzugeben, gab Paul von seinem Platz hinter dem Computer aus heftige Zeichen, die wohl bedeuten sollten: *„Komm nicht näher, der junge Mann sitzt noch immer in der Lobby!"* Tatsächlich saß er da, mit dem Rücken zu uns gekehrt vor dem Fernseher, und wartete …

Ich beschloss ungesehen zu bleiben, verließ durch den Hintereingang das Pilgerhaus und wollte so zur St.-Anna-Kirche vorausgehen. Doch dann kam mir der Gedanke, dass dieser junge Mann wohl mit ziemlich großer Wahrscheinlichkeit ebenfalls dort hingehen würde!

Während ich noch darüber nachdachte, kamen mir zwei junge Ordensschwestern entgegen, die in einer Gemeinschaft am Ölberg lebten. Ich fragte sie, wohin sie gingen und bat sie, mich ihnen anschließen zu dürfen.

Sie waren auf dem Weg zur kleinen Kirche der Franziskaner, wo im Innenhof bereits das Osterfeuer brannte und sich schon einige Christen zur Osterliturgie eingefunden hatten. Nun konnte ich ruhig sein, denn hier würde mich mein Verfolger sicher nicht finden!

Nach einigen Wochen verließ dieser junge Mann auch wieder Jerusalem, doch dann kam eine Prüfung ganz anderer Art auf mich zu.

Mir blieb fast die Nachspeise im Hals stecken, als P. Georges zu mir sagte: *„Mia, ich glaube, Du wirst wieder nach Italien in die Gemeinschaft zurückkehren, weil Du dein Kreuz dort gelassen hast …!"*

Diese Worte fingen an mich zu beunruhigen. War ich wirklich wieder vor Schwierigkeiten davon gelaufen? Ich hatte doch Monate lang mit der Entscheidung im Gebet gerungen und versucht, die Beweggründe für meinen Austritt abzuwägen!

Hätte ich außerdem die Kraft, in ein Leben zurückzukehren, das ich so schwer mit meinem Gewissen vereinbaren konnte?

Ja, wir beteten viel, fasteten und taten Buße, aber wo war so oft die Nächstenliebe? Wo die Menschlichkeit? Vieles war so gesetzlich, dass ich mit der Zeit dachte, ich könnte den Glauben an die Barmherzigkeit Gottes verlieren!

Als ich nach der Arbeit auf mein Zimmer ging, wurde mein Befinden noch mehr getrübt, da die beiden Turteltäubchen, die in meiner Badezimmerluke gewohnt hatten, schon seit einigen Tagen ihr Plätzchen verlassen hatten. Gerade in solchen Momenten fehlte mir ihr Gegurre schrecklich; und so setzte ich mich auf mein Bett und rang mich langsam zu der Entscheidung durch, dass ich Jesus und das Kreuz doch nicht verlassen wollte!

Und während ich über die Rückkehr in die Gemeinschaft nach Italien nachdachte, wusste ich auf einmal nicht, ob ich bei diesem Gedanken lachen oder lieber weinen sollte.

Irgendwie vermischte sich beides, doch dann ging es mir wesentlich besser! … Außerdem war es Anfang Sommer, und bis zu meiner Abreise im Jänner konnte doch noch vieles passieren!

Tja, oder auch nicht … !

Eine Nachricht vom Innenministerium ließ uns nämlich wissen, dass alle Volontäre, die mit einem Touristenvisum eingereist waren, frühzeitig ausreisen müssten.

Die Begründung dürfte jene gewesen sein, dass freiwillige Helfer des Öfteren an den Protesten gegen die Errichtung der Grenzmauer teilnahmen. Dabei berichteten sie der internationalen Öffentlichkeit über gewisse Ereignisse und Vorfälle, was sie laut Gesetz eigentlich nicht tun durften.

„Also werfen wir alle hinaus, und dann wird Ruhe sein im Land!", schien die Devise zu lauten. Und nachdem ich von einer Behörde bereits abgewiesen wurde, standen die Chancen wirklich schlecht, noch eine Aufenthaltsbewilligung zu erhalten …

Es war also wieder an der Zeit, eine Nacht in der Grabeskirche zu verbringen, um Gott dieses Problem anzuvertrauen! Wenn man die Nacht in der Grabeskirche verbringen wollte, reichte es aus, die Franziskaner um ihre Erlaubnis zu bitten, und es durften nicht mehr als zehn Leute sein, die bleiben wollten.

Abends, bevor zugesperrt wurde, drehten noch Sicherheitsbeamte eine Runde durch die Kirche, um sie nach verdächtigen Gegenständen und Personen abzusuchen, während die armenischen, franziskanischen und russisch-orthodoxen Brüder eben mit denjenigen beim Eingang warteten, die in der Nacht bleiben durften.

Meistens war ich alleine …

Dann wurde die große Holztür verschlossen und die Brüder verschwanden in einem ziemlich hastigen Tempo in ihre an die Grabeskirche angebauten Klöster.

Viele im Pilgerhaus waren darüber verwundert, dass ich die Nächte so gerne alleine dort verbrachte, war es doch eine riesige, dunkle und verwinkelte Kirche, die einen idealen Drehort für so manchen Kriminalfilm bieten konnte!

Naja, ich gehöre ja auch nicht gerade zu den mutigsten Geschöpfen, aber irgendetwas zog mich regelrecht in die Grabeskirche. Ich fühlte mich geborgen, dankbar und Gott irgendwie besonders nahe! Nicht umsonst wird dieser Ort auch als der Nabel der Welt bezeichnet, verbindet sich dort doch der Himmel auf ganz besondere Weise mit der Erde!

Diese nächtlichen Stunden, die ich auf Golgota und im Grab Jesu verbringen konnte, während die Stadt außerhalb zu schlafen schien, werden mir wohl immer in besonderer Erinnerung bleiben!

Bis Mitternacht dauerte diese Stille, dann begannen die orthodoxen, katholischen und armenischen Glocken nacheinander zu läuten, und wenige Minuten später verbreitete sich der Duft von Weihrauch im Heiligtum, der von einem Durcheinander von Männerchorälen gefolgt wurde.

Diese liturgischen Feiern der Brüder, vor allem die der orthodoxen Brüder, dauerten dann oft bis in die frühen Morgenstunden, während die Katholiken, also die Franziskaner, ein äußerst verschlafenes Offizium herunterbeteten und sichtlich erleichtert schienen, nach einer Stunde Gebet wieder in die Welt ihrer Träume zurückkehren zu können …

Gott hatte mein Gebet erhört, und so bekam ich tatsächlich die gewünschte Verlängerung meines Visums!

Als ich P. Georges davon erzählte, meinte dieser mit seinem üblichen Lächeln: *„Siehst Du, Mia, Gott wollte Dich im Vertrauen prüfen und vielleicht hat er ja doch noch etwas ganz anderes mit Dir vor! Sei zufrieden und glücklich!"*

Ich war sehr erstaunt über seine Worte; woher kam dieser plötzliche Sinneswandel? Musste ich nun doch nicht in die Gemeinschaft zurückkehren?

Vielleicht hatte ich mir ja zu viele Gedanken gemacht über das „Was, Wie und Wo" ich leben sollte, anstatt einfach im Heute und im Vertrauen auf Gottes Fürsorge zu leben!

In der Gemeinschaft wurde mir oft nahegelegt, dass, wenn ein Vorgesetzter zu dir etwas sagt, es so ist, als würde Gott durch ihn zu dir sprechen. Auf das eigene Herz zu hören oder sich selbst etwas zuzutrauen wurde daher grundsätzlich eher als Risiko eingestuft.

Eigentlich so ganz andere Worte, als mich mein Vater gelehrt hatte; doch schon bald sollten mir diese wieder in Erinnerung gerufen werden!

Klaus, einer unserer Volontäre, wollte für seinen Neffen Taufwasser aus dem Jordan besorgen. So nützten wir diese Gelegenheit für einen gemeinsamen Ausflug und um schwimmen zu gehen.

Als ich mich am Morgen fertig machen wollte, vernahm ich plötzlich eine Stimme in meinem Herzen, die mich zu fragen schien: *„Mia, was wäre, wenn Dein Papa sterben würde?"*

Nein, dieser Frage wollte ich nicht weiter nachgehen und begann mir selber vorzusagen, dass das einfach nicht geschehen dürfte! Ich müsste ihn doch noch sehen und umarmen können; ich hätte ihm doch noch so vieles zu sagen!

Als ich die gleiche Frage ein zweites Mal in meinem Herzen vernahm, lief ich schnell hinaus zu den anderen und dachte den restlichen Tag auch nicht mehr daran.

Am Jordan verbrachte ich mit den Volontären eine wunderbare Zeit; nicht nur beim Schwimmen, sondern auch in der Bewunderung der tollen Umgebung, die einen unweigerlich an das Paradies oder an den Garten Eden erinnern ließ.

Abends, nach unserem tollen Ausflug, kam dann Klaus mit einem enttäuschten Blick zum Essen und stellte uns die Frage: *„Ist jemandem schlecht oder hat jemand von euch Durchfall?"*

Als er nämlich die Wasserflasche mit dem Taufwasser vom Jordan aus unserem Kühlschrank nehmen wollte, war diese bis zum letzten Tropfen ausgetrunken …

Am darauffolgenden Tag regnete es in Strömen, dennoch wollte ich nachmittags am Kreuzweg teilnehmen. Dieser fiel jedoch wegen der schlechten Wetterbedingungen zum ersten Mal aus. Also schloss ich mich einigen Volontären an, die in die Synagoge gehen wollten. Doch dort fehlte der zehnte Mann, ohne den der Schabbat nicht gefeiert werden durfte, und somit konnte die Liturgie ebenfalls nicht stattfinden.

Uns blieb also nichts anderes übrig, als wieder ins Hospiz zurückzukehren und den Abend dieses Mal anders als geplant zu verbringen.

Wir standen noch draußen, vor der Eingangstür zur Lobby, als Abraham, unser Rezeptionist mich zu sich rief: *„Mia, für Dich ist ein Telefongespräch hereingekommen!"*

Es war meine Mutter und das beunruhigte mich etwas, weil ich sie doch selber am nächsten Tag zu ihrem Geburtstag anrufen wollte. Ich fragte sie also: *„Mama, wieso rufst Du an … ist etwas passiert?"*

Bei dieser Frage standen mir bereits die Tränen in den Augen, war da doch diese seltsame Vorahnung. Mit einer bedrückten Stimme antwortete meine Mutter: *„Ja, Mia, es ist etwas Schlimmes passiert … Dein Papa hatte letzte Nacht einen Herzinfarkt …*

und ist jetzt bei Gott …"

Diese Nachricht traf mich so tief, dass ich wie unter Schock stand! Am Boden zusammengesunken weinte ich vor mich hin, während Mama mich durchs Telefon irgendwie zu trösten versuchte …

Ich konnte mich wirklich kaum zusammenreißen und alle im Haus, einschließlich der Gäste, die diesen Vorfall mitbekommen hatten, gaben sich die darauffolgenden Tage alle Mühe, mir beizustehen.

Den ersten Schmerz so einigermaßen überwunden, begab ich mich an einem Morgen mit den letzten 30 Euro, die ich noch zusammenkratzen konnte, in die Grabeskirche. Ich wollte einen Priester finden, der für meinen Vater die Heilige Messe lesen könnte und lernte in der Sakristei einen jungen Pfarrer aus Deutschland kennen.

Er war gerade als Pilger im Heiligen Land unterwegs, doch am Fest „Mariä Geburt", also in drei Tagen, würde er wieder in die Grabeskirche kommen und auf Golgota die Heilige Messe für meinen Vater feiern. Das einzige Problem war: Er wusste nicht, um welche Uhrzeit …!

Drei Tage später wartete ich bereits um fünf Uhr früh auf Golgota, doch ein ziemlich beleibter Franziskaner kam die Treppe heraufgekeucht, um den Gottesdienst zu feiern. Wahrscheinlich würde der

Priester aus Deutschland wohl als Nächster kommen.

Ich verließ Golgota also wieder und wollte in der Zwischenzeit zum Grab Jesu gehen, um dort zu beten. Aber auch hier wurde gerade eine Heilige Messe gefeiert!

Vorsichtig betrat ich den Vorraum der Grabkammer und konnte drei Priester in festlichen, weißen Gewändern im Inneren des Grabes erkennen (der Eingang zum Grab ist nämlich so niedrig, dass sogar ich mich klein machen muss, um hinein zu kommen. Dies hat jedoch nichts mit einem Baufehler zu tun, sondern hat die Bedeutung, dass wir uns immer in der Haltung eines Kindes Gott nähern sollen …).

Ich trat also noch näher an das Grab heran, und gerade in diesem Moment wurde das Evangelium über Maria Magdalena vorgelesen, die ebenfalls am frühen Morgen zum leeren Grab Jesu eilte. Während ich aufmerksam den Worten zuhörte, die mir das Gefühl gaben, gerade selbst diese Szene zu erleben, erkannte ich die Stimme! Es war die des jungen Priesters aus Deutschland!

Beim Friedensgruß winkte dieser aus der Grabkammer heraus und flüsterte mir zu, wie sehr er sich freue, mich hier zu sehen. Er selbst schien überrascht gewesen zu sein, dass ihm die Feier im Grab zugewiesen wurde; und als ich mich bei ihm bedanken und wieder verabschieden wollte, hob er seine Hände zum Himmel empor und rief voll Freude aus: *„Siehst Du, wie wunderbar! Gott wollte, dass wir die Heilige Messe für deinen Vater nicht beim Kreuz, sondern am Ort der Auferstehung feiern!"*

Ja, mir war es auch, als ob sich in diesem Moment tatsächlich der Himmel für meinen Vater geöffnet hätte, um in die ewige Freude Gottes eingehen zu können. Außerdem war von da an meine ganze Traurigkeit wie weggeblasen, und alle, die mich zuvor gesehen hatten, waren verwundert über diese radikale Veränderung meines Gemütszustandes. Sogar unser Moslem Mohammed aus der Küche meinte: *„Also Du musst einen Glauben haben, Mia. So etwas habe ich noch nie erlebt!"*
Ich weiß nicht, ob ich so einen Glauben habe, wie Mohammed ihn mir zugesprochen hatte … Um ehrlich zu sein, gibt es Momente, da habe ich den Eindruck, Gott würde mir ganz nahe und vertraut sein; und dann gibt es wieder Momente, in denen ich nur vertrauen kann, dass er bei mir ist, auch wenn ich ihn nicht spüren kann oder er mir plötzlich wie ein Fremder erscheint …

Ich denke, meistens kommt es zu dieser „Entfremdung" ohnehin nur dann, wenn ich mich selber von Gott abwende, indem ich schlechten Gedanken nachhänge oder Misstrauen im Herzen Raum gebe. Das Böse schläft ja bekanntlich nicht, und natürlich liegt dessen Interesse und Bestreben stets darin, dass Du den guten Weg, den Gott mit Dir begonnen hat, wieder verlässt, um seinen Spuren zu folgen.

Wenn man sich aber dieser Hinterlist bewusst ist, dann ist es nicht schwer, den richtigen Ausweg zu finden …

Der Weg des Glaubens bleibt dennoch ein großes Geheimnis, und jeder, der sich darauf einlässt, erlebt diesen wohl auf eine ganz persönliche Art und Weise!

Einen guten Monat vor Weihnachten fasste ich den Entschluss, wieder in die Grabeskirche beichten zu gehen.

Seit diesem einen, weniger erfreulichen Erlebnis war nun ein halbes Jahr vergangen, und es würden dort wohl auch noch andere Priester im Dienst anzutreffen sein!

So machte ich mich auf den Weg, und tatsächlich standen da auch gerade einige Franziskaner vor der Kapelle der Heiligen Maria Magdalena herum. Der Ältere von ihnen fragte mich, ob ich auf Englisch oder auf Italienisch beichten möchte, und nachdem ich geantwortet hatte: *„Bitte auf Italienisch"*, meinte dieser: *„Na schön, dann bin ich dran!"*

Dieser Priester nahm sich erstaunlich viel Zeit für mich, hörte mir aufmerksam zu, und es fiel mir gar nicht schwer, über all das zu sprechen, was mir in den letzten Monaten den Frieden im Herzen zu rauben schien.

Es war, als würde ich mit einem Vater sprechen, der versuchte, sein Kind zu verstehen und nicht zu verurteilen!

Ein Wort, an das ich mich noch gut erinnern kann, war dieses: *„Mia, schenke Jesus einfach deine Gegenwart, so wie du bist und dein Lächeln … und dann halte den Blick immer aufrechten Ganges gegen den Horizont gerichtet; dort wo der Himmel und die Erde sich berühren!"*

Seine Worte gaben mir Zuversicht, denn manchmal besuchte mich der Gedanke, wie es nach dem Sabbatjahr wohl weitergehen würde.

Das Leben in Jerusalem würde mir fehlen: die Nähe der Menschen; ihre Art zu leben und zu denken; die spielenden Kinder auf den Straßen; die Via Dolorosa und die Grabeskirche; ja, selbst der Muezzin, wenn er in der Nacht und zu allen möglichen Tageszeiten zum Gebet aufrief … ich würde an kein Ende kommen!

Aber ein bisschen Zeit blieb mir ja noch, und um sich unnötig Gedanken über die Zukunft zu machen, wäre diese bestimmt zu kostbar!

Besonders gerne feierten wir in Jerusalem auch den Schabbat am Freitagabend.

Meistens fuhren wir in einem Kleinbus zu einer Synagoge in der Nähe von Betlehem, doch einmal begleitete mich unser Zivildiener Paul auch in die Neustadt zu einer Synagoge.

Die Juden nahmen die Christen dort sehr herzlich auf und freuten sich, wenn man mit ihnen gemeinsam beten wollte. Einige ihre Bücher hatten sie sogar ins Deutsche übersetzen lassen, damit man den Ablauf ihrer Feier besser nachvollziehen konnte!

Ich liebe die jüdischen Gesänge und diese Freude, die sie vermitteln. Um ehrlich zu sein, ähneln bei uns die Feierlichkeiten am Sonntag manchmal eher einer Beerdigung als einem Fest der Auferstehung!

Auf unserem Rückweg ins Hospiz sind wir dann ganz schön nass geworden, da es in Strömen regnete und uns ein kalter Wind um die Ohren pfiff.

Schwester Maria, die seit Sommer Schwester Traude in ihrem Dienst abgelöst hatte, zeigte sich äußerst zufrieden, als sie Paul und mich gemeinsam in die Lobby kommen sah. Seit einiger Zeit lag nämlich ihr ganzes Bestreben darin, uns auf ihre sehr eigene Art und Weise näher zusammenzubringen.

Paul war ein netter junger Mann, den ich, so wie viele im Haus, sehr schätzte. Aber dies reichte doch nicht aus, mich von einer vermittlungsfreudigen Ordensschwester mit einem acht Jahre jüngeren Mann verkuppeln zu lassen!

Ich will ihr auch nicht unterstellen, dass sie es nicht gut gemeint hätte, aber zeitweise konnte sie mich mit ihrer „Mission" wirklich nerven!

In der Adventszeit musste ich dann wegen eines Wasserrohrbruches vom Schwesternhaus ins Haupthaus umziehen. Im neuen Zimmer war es vergleichsweise zu meiner „Schuhschachtel" richtig warm, und um ehrlich zu sein war ich froh, nun auch mit den anderen freiwilligen Helfern unter demselben Dach wohnen zu können.

Wir waren ja wie eine große Familie und verbrachten gerne die Abende zusammen. Oft spielten wir Karten, sahen uns die Fußball-WM im Fernsehen an, feierten verschiedene Feste und gingen manchmal abends in die Stadt.

Besonders gerne erinnere ich mich an die Nikolausfeier in unserem Café. Es gab Bratäpfel und Punsch, wir sangen Adventlieder, und Dr. Bruno las uns aus seinen Büchern Geschichten vor.

Nicht zu vergessen die Rorate am Morgen, die wir bei Kerzenlicht in unserer Hauskapelle feierten, und das anschließende Frühstück mit einem selbstgemachten Hefezopf von Zita, die wirklich ausgezeichnet backen konnte!

An Weihnachten fuhr ich mit der Evangelischen Gemeinde, also mit P. Pierre, nach Betlehem, und während sie ihre Liturgie feierte, besuchte ich den Karmel der Heiligen Mirjam von Abellin und betete mit den Schwestern und einigen Klerikern, die sich eingefunden hatten, das Abendgebet.

Der Karmel ist ein Kloster, in dem Schwestern ganz zurückgezogen und im Gebet leben.

Diese Zurückgezogenheit bedeutet aber nicht, dass die Schwestern nicht offen sind für das, was in der Welt geschieht. Durch ihre Gebete und ihre Opfer, die das alltägliche Leben so mit sich bringt, bemühen sie sich darum, die Liebe zu Gott in den Herzen der Menschen zu erwecken.

Zugegeben, das klingt jetzt etwas kompliziert, und um das besser verstehen zu können, müsste man sich wohl eingehend in ihre spirituellen Bücher vertiefen…!

Wieder regnete es in Strömen, und als ich abends von Betlehem zurückkam, fand sich bereits unsere ganze Hausgemeinschaft zur Weihnachtsfeier ein.

Das waren also die letzten Tage in Jerusalem, doch im Herzen fühlte ich, dass es an der richtigen Zeit war, wieder von dort fortzugehen.

In den Hirtenfeldern von Betlehem wurde mir einmal von einem betagten Franziskaner eine Figur aus Olivenholz geschenkt, welche die Heilige Familie auf ihrer Flucht nach Ägypten darstellt. Diese Figur schien mir bei näherer Betrachtung ein gutes Sinnbild für mein Leben zu sein, das ja seit meiner Kindheit auch einer ständigen Pilgerschaft gleicht.

Ich darf einfach nicht müde werden, mich immer wieder neu auf den Weg zu machen!

Oder aber der griechisch-orthodoxe Priester behält recht, der eines Tages zu mir sagte: *„Es ist gut, vieles zu sehen und zu reisen, aber irgendwann wird auch für dich die Zeit kommen, in der du deinen Platz finden und zur Ruhe kommen wirst. Du wirst sehen!"*

Es gibt da so eine Erzählung, in der ein Junge seinem Lehrmeister die Frage stellt: *„Meister, wo wohnt eigentlich Gott? Werden wir ihn eines Tages hinter den Sternen finden?"*

Der Lehrmeister gab ihm zur Antwort: *„Weißt Du, mein Junge, wenn Du Gottes Wohnung nicht in Deinem Herzen findest, dann wirst Du ihn sicher auch nicht eines Tages hinter den Sternen finden können …!"*

So wie die Luft, die man atmet, nahm ich nochmals alle Eindrücke der Stadt tief in mich auf.

Der Abschied nahte, und so ging ich das letzte Mal zur Grabeskirche hinauf.

Eher zufällig traf ich dort P. Gabriele, bei dem ich vor kurzem gebeichtet hatte, und er bat mich, in die Sakristei mitzukommen. Dort sollte ich einen Moment auf ihn warten, und als er zurückkam, hielt er eine kleine Olivenholzschachtel in seinen Händen mit zwei Rosenkränzen darin. Er überreichte mir diese, und dann wünschte er mir den Segen Gottes für meinen weiteren Weg.

Genauso verabschiedete sich auch am Tag zuvor mein lieber P. Georges in seinem Bischofshaus von mir, und ich dachte mit gewisser Wehmut daran, wie sehr mir diese lieben Menschen wohl in Zukunft fehlen würden!

Die Klagemauer durfte dann ebenfalls nicht bei meiner Abschiedstour durch Jerusalem fehlen, und so wie es üblich ist, schrieb ich auf ein kleines Stück Papier mein Anliegen und stopfte dieses dann in eine der Mauerspalten!

Nun musste ich aber zurück ins Hospiz laufen und endlich meine Sachen zusammenpacken.

In der Lobby hatten sich bereits alle eingefunden, um sich von mir und von Alisa, die auch mit mir abreiste, zu verabschieden. Der Rektor des Hauses war krank, und so überreichte er mir schon am Vorabend meine Arbeitsbestätigung.

In seiner Dankesrede sprach er davon, dass es immer ein ganz besonderes Geschenk wäre, wenn sich jemand entschied, für längere Zeit im Pilgerhaus mitzuhelfen, und außerdem hätte ich in meinem Dienst stets das Gefühl vermittelt: „Nichts kann mich aus der Ruhe bringen, selbst wenn eine Bombe neben mir einschlagen würde …!"

Ganz genau kann ich mich nicht mehr an alle Worte erinnern, aber sie überraschten mich, da ich mich selbst oft gar nicht in dem beschriebenen „Ruhemodus" wahrnehmen konnte …!

Nun ja, der Abschied vom ganzen Personal an diesem Vormittag ging mir wahrlich zu Herzen. Wie schon erwähnt mag ich keine Abschiede! Vor allem dann, wenn sie so endgültig erscheinen.

Eine Zeitlang gehst du gemeinsam einen Weg mit Menschen, die du liebgewonnen hast, und dann musst du sie auch wieder loslassen, im Wissen darum, dass diese Zeit einzigartig war, aber nicht wiederholbar.

Während wir zum Flughafen fuhren, empfand ich seltsamer Weise keine sonderliche Regung. Es war mir eher, als würde ich einen Ausflug machen oder nur für kurze Zeit verreisen! Doch nein, diesmal hieß es wirklich Abschied nehmen vom geliebten Jerusalem!

Die Kontrollen am Flughafen, der in der Zwischenzeit völlig umgebaut worden war, erwiesen sich als sehr langwierig und mühsam. Das Bodenpersonal war aber sehr nett und verlor selbst dann nicht die Fassung, als es die triefenden Schlammpäckchen aus dem Toten Meer in Alisas Koffer vorfand. Eigentlich war es ja nicht erlaubt, solche Souvenirs aus Israel mitzunehmen. Aber die Sicherheitsbeamten ließen Milde walten und gaben Alisa den Koffer, der natürlich auch einiges an Übergewicht hatte, mit einem leichten Kopfschütteln zurück …

Als wir in Österreich landeten, war es bereits dunkel draußen. Schnee und Kälte begrüßten uns, und während Alisa noch einen weiteren Flug nach Tirol nehmen musste, schlenderte ich nach einem Jahr wieder die Passagierzone Richtung Ankunftshalle entlang.

Ich freute mich darauf, meine Familie zu sehen, doch ich beeilte mich nicht, denn ich hatte den Eindruck, in eine Welt zurückzukehren, die mir auf einmal fremd geworden war.

Oder war ich es, die die letzten Monate so verändert hatten? …

Hier endet für heute meine Geschichte…

Wie sie weiter geht?

Nun, da bräuchte es womöglich noch viele Abende, um sie weiterzuerzählen … Doch eines möchte ich Dir gerne auf Deinem Weg mitgeben:

Du selbst, und jeder Mensch, der Dir begegnet, hat eine besondere Geschichte zu erzählen,

egal wie diese auch aussehen mag!

Wenn wir diese Geschichten entdecken, werden wir vielleicht nicht mehr so schnell über jemanden urteilen oder verurteilen … und vielleicht kommt uns Gott dann auch näher!